Le Maudit

Du même auteur

ORFENOR,
tome 1, *Natalène*,
tome 2, *Tristan*,
roman, XO Éditions, 2004

Plages suivi de *Aux gueux l'an neuf* (épuisé),
romans, Éditions ACL, 1983

La pluie à petit bruit,
roman, Éditions du Seuil, 1981

Petite fille rouge avec un couteau,
prix Alice-Louis Barthou,
décerné par l'Académie française,
roman, Éditions du Seuil, 1977

Myrielle Marc

Le Maudit

(Histoires de Systèle, 8)

roman

XO EDITIONS

ISBN : 2-84563-303-3

Au fils de Ralsug

I

Imagine d'abord une île, très longue, sur un océan lointain. C'est peut-être une île qui n'a jamais existé. Ou bien c'est un océan qui enroule ses vagues dans un autre monde. De toute façon l'île vit seule depuis des siècles, sauvage encore : les hommes y sont rudes et solitaires.

Ils ont un roi, dont le vaste domaine s'étend au centre de l'île, et des seigneurs qui se partagent le reste du territoire. Revêtus de la longue cape noire qui signale leur rang, ceux-ci pourraient se penser rois eux-mêmes : ils sont les maîtres absolus de leur fief, lèvent une armée s'il leur plaît, et dressent des gibets à l'entrée de leur pont-levis. Pourtant ils reconnaissent l'autorité de celui d'entre eux qui règne sur la capitale et qu'ils nomment, avec une révérence presque religieuse, le Seigneur-Roi.

Leurs châteaux portent, comme eux, le nom du fief. Ceux du Sud dressent près des rivières leurs fines tourelles blanches et ouvrent nonchalamment leurs parcs aux vents de la mer. Au Sud on n'a rien à craindre du monde. Mais ceux du Nord ressemblent à des citadelles guerrières, parce qu'ils sont proches de la pointe de l'île qui n'est pas encore conquise.

Cette île a nom « Systèle » et ma grand-mère en tirait tous les contes dont elle a enchanté mon enfance. J'ai longtemps cru qu'elle y avait vraiment vécu. Et si l'histoire de Systèle avait été au programme du baccalauréat au même titre que l'histoire de France j'aurais certainement obtenu la meilleure note de l'académie, et je pense que l'on m'aurait priée de donner quelques conférences aux professeurs : je savais tout. Je savais où l'on fabriquait les agrafes qui retenaient les capes de guerre des seigneurs et ce que mangeaient le soir, dans les masures de la côte, les paysans de Vauxelles. Je savais que dans les forêts de Brénilis s'étendait le domaine du Seigneur-Évêque, où vivaient les derniers sorciers de l'île, et que la reine Valine s'enorgueillissait des plus longs cheveux blonds dont il soit possible de rêver : ils atteignaient le sol, souples et brillants, quand elle se tenait debout près de son trône d'or. Je connaissais jusqu'aux légendes dont on nourrissait les petits Systéliens, le soir...

Mais rien ne me transportait davantage que l'histoire du Maudit de Varielles et c'est elle que je veux te raconter à mon tour.

*

Imagine encore. Tout au nord de l'île, dans le dernier fief pacifié, sur les landes qui bordent la mer, s'élève la masse sombre du château de Louvars. Il est puissamment fortifié et abrite derrière ses murailles près de trois cents hommes de troupe. Aucun autre château de Systèle n'a osé dresser si haut sa tour, ni défendre sa voûte d'entrée d'une herse aussi monumentale. Othon IV de Louvars, qui l'a construit plus de trois siècles auparavant, était un homme amer et dur, qui haïssait son roi et que son roi n'aimait pas : un peu de son orgueil semble encore habiter les pierres.

L'histoire du Maudit de Varielles commence là, un soir d'hiver, le 27 décembre très exactement.

*

Le seigneur de Louvars dîne avec ses vassaux dans la grande salle du château, ce soir-là. Il n'a que vingt-cinq ans. Mais c'est un guerrier redoutable et il mène son fief d'une main ferme. Pour l'heure, assis à sa table, il écoute ses vassaux parler – du Maudit justement, qui vient d'être jugé dans la capitale par le Grand Tribunal de Systèle. Son procès doit être terminé depuis plusieurs jours, mais les nouvelles parviennent difficilement à Louvars en hiver, parce que les pistes qui prolongent la grande route jusque-là cessent d'être praticables dès les premières pluies. Et on en est encore réduit aux suppositions.

– Il sera forcément décapité, soutient le duc de Ryves. C'est la peine des parricides, non ?

Alexis de Chevilliers, le plus jeune vassal de Louvars, passe son temps à courir les pistes et en sait toujours plus long que tout le monde :

– Non, dit-il. Il paraît qu'il y a mis une sauvagerie répugnante... On devrait le brûler vif. C'est l'avis général. On m'a dit aussi à Montereau qu'il était jeune. Vraiment très jeune.

– Mais pas plus que vous ? risque Louis d'Ixelles.

Chevilliers n'a que dix-huit ans et s'en désole plus qu'il ne le devrait. Il lance à son ami un regard soudain très noir.

– Pardon, dit Louis. Mille pardons. Ça m'a échappé.

Le seigneur sourit. Il occupe le fauteuil de bois sculpté, clouté d'or, qui lui est réservé. Il a des cheveux sombres, noués sur la nuque d'un lien de cuir, et une haute silhouette de guerrier. Lui aussi est très jeune : mais la charge de son fief l'a fait mûrir vite.

(Sait-il que dans la nuit, sur les pistes qui longent la mer, galopent vers Louvars six grands chevaux noirs ?)

– Ils le livreront peut-être au peuple, dit Louis d'Ixelles. Puisqu'il a été déclaré maudit...

– D'après le seigneur de Combeval, répond Chevilliers, non, parce qu'il est plus fou que maudit.

– Que peut-on en savoir à Combeval ?

– Mais il est forcément fou, Louis... Il lui a arraché les yeux, d'abord avec la pointe de son poignard, ensuite avec les doigts...

(Ma grand-mère s'arrêtait là, chaque fois, et me regardait avec méfiance. « C'est une histoire effrayante que celle du Maudit de Varielles, disait-elle. Il y a du sang, des fouets, des barbares agonisant dans une cage de fer, des enfants rassemblés dans une douve pour y

mourir, et mille fois de quoi faire un cauchemar cette nuit. Veux-tu que je te raconte plutôt les amours de la reine Valine avec le barde blond, au IIIe *siècle de Systèle ? »*

J'en pâlissais d'horreur. « Je n'ai pas peur, disais-je. Je connais déjà l'histoire du Maudit. Je n'ai pas peur du tout. Vas-y. »

Elle allait. Les six grands chevaux noirs, un instant arrêtés sur la ligne des falaises, reprenaient leur course sombre. Et dans la salle de Louvars la main du seigneur, qui s'était figée au-dessus de la table, s'animait de nouveau et se posait sur le bois ciré. Une chevalière brillait à l'annulaire.)

– Est-ce qu'il n'a pas tué une femme aussi ? demandait Ulmes. On le brûlera vif, c'est sûr.

– En tout cas il est du fief de Varielles, tout au sud. Il paraît que son seigneur l'a fait ligoter sur les remparts en attendant que les gardes du tribunal descendent de Systèle, et qu'il y est resté trois jours...

*

Là, juste là, l'appel des trompettes monte de la lande. Chevilliers se tait, surpris. Les trompettes sonnent la marche du régent et le seigneur quitte son siège. On lèvera la herse sans son ordre, pour une fois : le régent et ses envoyés sont partout chez eux. Il prend donc le temps de remettre sa lourde cape. Puis il quitte ses convives et sort, sans un mot. Ses gardes aussitôt lui emboîtent le pas.

*

Jamais le service du régent n'avait eu si petite escorte : Emmanuel ne vit près de la herse déjà rabaissée que trois ou quatre soldats. Ils s'affairaient autour des chevaux, aidés par les gardes du pont-levis. Un peu en avant d'eux, un homme attendait. Emmanuel le reconnut dès qu'il s'approcha de lui : c'était le comte de Ryvat, l'un des vassaux du régent et le modèle des courtisans. Un très jeune écuyer venait de se placer à ses côtés.

– Seigneur, dit Ryvat, je suis confus, mais vous comprendrez... le régent... si tard, mais le service du régent...

– Suivez-moi, Messire, dit brièvement Emmanuel.

Ils traversèrent la grande cour pavée, que balayait le vent d'hiver. La nuit était claire. L'écuyer, derrière eux, suivait son maître à quelques pas. Ni dans l'escalier de pierres grises ni dans la salle de justice Emmanuel ne parla. Il se taisait, en général, quand il n'avait rien à dire. Le comte, lui, ne tarissait pas : l'état des pistes, l'étendue des fiefs du Nord, la rudesse du climat...

– ... et je me suis laissé dire que votre hiver est surtout en février... je n'ose penser à ce que... il se trouve que je connais un peu le sire de Vitré, qui prétend...

Dans la petite salle où il donnait ses audiences privées, Emmanuel fit asseoir son visiteur. Il avait laissé entrer l'écuyer : l'usage du Sud voulait que ceux-ci ne quittent jamais leur maître, il le savait.

– Je vous écoute, dit-il.

Le comte rougit légèrement. Il vivait à la Cour, dans la partie centrale de l'île, et la brusquerie des mœurs du Nord l'étonnait toujours.

– Eh bien, dit-il, voilà. J'ai été chargé d'une mission... un grand honneur pour vous comme pour moi... le régent... Je serai bref, Seigneur : vous savez que l'on jugeait à Systèle le Maudit de Varielles ?

– Mais oui. Mes vassaux et moi-même en parlions à l'instant.

– Eh bien... il a été condamné, il y a de cela cinq jours. Vous en recevrez bientôt la nouvelle par les voies habituelles, je pense. Le régent a dépêché un chevaucheur dans chaque fief.

Il écoutait sonner ses phrases. Il s'arrêta, pour attendre une question qui ne vint pas, et reprit ensuite :

– Il a été condamné au bracelet vert.

Emmanuel connaissait, comme tous les Systéliens, l'existence de cet instrument barbare, capable à lui seul de remplacer les meilleurs bourreaux de l'île. Le dernier à l'avoir porté était le duc de Sinor-Feuilles, dont la mort ne remontait guère qu'à une douzaine d'années.

– Au bracelet vert, répéta le comte. Et c'est justice.

– Sans doute, dit Emmanuel. Je ne suis pas le Grand Juge de Systèle.

Ryvat épousseta la manche poussiéreuse de sa veste, de quelques tapotements de sa main baguée.

Emmanuel eut un petit sourire, aussitôt réprimé, et que l'écuyer fut le seul à surprendre.

– Vous voyez sans doute mal, Seigneur, en quoi ma visite... mon arrivée, si tard...

– En effet. J'attends.

Le comte rougit de nouveau, un peu choqué.

– C'est que le régent ne tient pas à renvoyer le Maudit sur ses terres, même avec le bracelet vert, ni à souffrir sa présence au palais. Il a donc songé à charger l'un de ses pairs de veiller au châtiment. Et en considération de l'amitié que le feu Seigneur-Roi avait pour votre père... c'est vous qui avez été choisi.

– Je vois.

– Vous aurez donc l'honneur de garder le Maudit.

– Et cela consistera... ?

– Exactement, Seigneur, en ceci : tenir l'homme prisonnier à l'intérieur de votre fief, dont il ne doit pas sortir sa vie durant. Retirer son bracelet le samedi à minuit et le lui remettre le dimanche à minuit : vous savez qu'il ne doit pas être porté le jour des Grâces. Pour le reste un protocole de garde a été établi par le régent lui-même et vous y trouverez toutes les indications qui pourraient vous être utiles. Sur les points dont il ne traite pas vous en userez à votre convenance...

Emmanuel regardait les flammes claires danser dans l'âtre, et le comte s'étonnait qu'un tel honneur ne paraisse pas transporter de fierté ce très jeune châtelain. « Diable, pensait-il, n'importe quel seigneur du Sud pourtant... il est vrai qu'en ce cas rien n'aurait pu... je n'aurais pas eu à... mais je vois que le Nord... à peine courtois... »

– Ma mission est donc accomplie, Seigneur. Je dois en rendre compte rapidement.

– Demeurez sous mon toit tant qu'il vous plaira, Messire : vous m'obligerez.

– Je ne le puis malheureusement pas. Il n'a pas été facile de conduire le Maudit jusqu'ici. Nous avons changé d'escorte à chaque fief et contourné les villages mais le peuple, vous savez bien, quand on déclare un condamné maudit, veut toujours...

Emmanuel entendit à peine ces dernières phrases. Il venait de regarder par hasard l'écuyer de son hôte, et l'extrême pâleur du jeune visage l'avait surpris.

– Je vous demande pardon ?

– Je disais, Monseigneur, qu'il n'a pas été facile de conduire le Maudit jusqu'à vos bornes.

– Il est ici ? Je pensais que vous m'annonciez seulement sa venue...

– Du tout, Monseigneur, du tout ! J'avais aussi le grand honneur de le conduire jusqu'à vous.

Il désignait son compagnon, d'une main molle. Incrédule, Emmanuel regarda l'adolescent. Il était blond, de toute évidence épuisé, et baissait obstinément les yeux.

– Son convoi officiel est encore sur la route, dit Ryvat. Il a quarante hommes et il a déjà été pris à partie deux fois. Vous savez comment le peuple considère les maudits... En fait nous avons bifurqué à l'entrée de Brénilis, quatre hommes et moi, pour passer au plus près de la côte : et, voyez, nous sommes arrivés sans encombre. Je vais vous demander de signer l'acte de réception...

Il sortit d'une pochette de cuir plusieurs documents. Emmanuel apposa sa signature sur le premier, après l'avoir lu attentivement. « ... reconnais avoir reçu des mains du comte de Ryvat, représentant le régent de Systèle, le condamné dit Maudit de Varielles... » Ryvat le reprit, puis posa les autres sur la table.

– Il y a là copie du jugement, dit-il, de l'acte d'accusation et des témoignages. Vous y trouverez des croquis du bracelet vert, et le protocole de garde. Quant au trèfle du bracelet, voici.

Il le prit à son ceinturon, où il pendait à un mousqueton, et le posa sur la liasse de papiers.

– Vous verrez les croquis, dit-il. Il faut le placer sur le bracelet pour pouvoir l'ouvrir. Et maintenant, à mon grand regret, je dois repartir sur l'heure.

– N'attendrez-vous pas le convoi officiel ?

– Surtout pas, Monseigneur. Le régent a choisi ma route lui-même et ne peut en avoir des nouvelles que par moi.

– Brénilis... dit Emmanuel. Vous avez coupé par Brénilis, disiez-vous ? Avez-vous traversé les forêts de Brimes ? Parce que les troupes du régent doivent y être...

Ryvat baissa les yeux. Dans le centre de l'île on n'osait sans doute pas aborder le sujet brûlant : cette chasse à l'enfant que menait le régent à Brénilis depuis près de trois ans.

– Oui, dit-il, je crois... mais je ne sais... en fait oui, Seigneur, mais j'avais une mission à remplir et...

Emmanuel eut pitié de son embarras.

– Vous l'avez bien remplie, Messire.

– Un honneur, dit Ryvat. Un grand honneur. Et maintenant je dois... je dois...

Emmanuel le regardait, surpris. Qu'arrivait-il à l'aimable fat qu'était le comte de Ryvat ? Son expression était celle d'un homme désespéré...

– Oui ?

– Je dois vous quitter, et...

Il s'arrêta net, ferma les yeux, puis se leva, brusquement :

– Je dois vous quitter.

– Faites, dit calmement Emmanuel.

*

Il était près de neuf heures. La petite pièce n'était éclairée que par la lueur du feu et celle du chandelier posé sur un coffre. Le seigneur de Louvars regarda un instant son prisonnier, debout derrière le fauteuil de bois sombre. Puis il étala les documents sur la table et se mit à les lire.

Le Maudit avait dix-neuf ans et s'appelait Oleg. On ne mentionnait nulle part le nom de sa famille. Il était seulement noté que sa terre se trouvait sur le fief de Varielles, à l'extrême sud de l'île. Étant noble, il garderait son collier d'or au cou et son droit au titre de Messire. « ... mais nul lien n'existant plus entre cet homme et qui que ce soit au monde il est statué que ce titre ne sera jamais suivi d'autre nom que celui de “ Maudit ”... Défense est faite à l'homme de se prévaloir d'une alliance ou d'une parenté avec quiconque et toute allusion qu'il pourrait faire à un passé qu'il n'a plus sera durement châtiée... »

La relation du crime suivait. Longue, et assez effrayante en effet. « ... parricide... ayant arraché des orbites les yeux de sa victime il est patent que... ayant tranché ses mains... ayant assisté assis à l'agonie... »

Emmanuel s'arrêta là et croisa pour la première fois le regard du criminel. Il avait des yeux gris qui n'exprimaient pas grand-chose, sinon peut-être une extrême lassitude. Le visage était beau, et très pur sous le flot lisse des cheveux blonds. Un visage d'ange épuisé. Mais la bouche était ferme et le dessin des mâchoires plein de force.

Emmanuel reposa la feuille. Plusieurs autres, reliées, portaient copie des témoignages. Il mit cette liasse de côté pour l'étudier plus tard et déplia une feuille de papier plus épais. Divers croquis y exposaient la façon d'enlever le bracelet vert du poignet du condamné, et celle de l'y remettre. Les derniers feuillets traitaient des modalités pratiques de la garde – de ce qui était permis au Maudit et de ce qui lui était interdit. Ce protocole avait été rédigé avec une grande minutie et Emmanuel le relut plusieurs fois.

– Avez-vous lu ceci ? demanda-t-il.

– Non, Monseigneur.

La voix était basse et un peu tremblante. Emmanuel leva les yeux et vit que le Maudit s'appuyait maintenant au dossier du fauteuil. Ses doigts, longs et fins, se crispaient sur le bois.

– Asseyez-vous, Messire.

Le Maudit quitta l'abri du dossier, et s'assit. Sous la veste couverte de la poussière des pistes sa chemise était tachée de sang à l'épaule.

– Vous avez été soigné ?

– Non, Monseigneur.

– Je vous enverrai l'apothicaire.

Une bûche s'écroula dans l'âtre et le prisonnier sursauta. Emmanuel l'observait, calmement. Ce visage pur allait bien mal à la description du crime qu'il venait de lire. Mais le regard, qui se leva une autre fois, était très dur.

– Lisez. Je vous en ferai tenir une copie.

Il tendait les feuilles du protocole de garde, pardessus la table. Le Maudit les prit et les lut d'un bout à l'autre, attentivement, sans que son visage n'exprimât rien. Puis il les reposa. Ses yeux gris se fixèrent sur Emmanuel et se détournèrent aussitôt. Le seigneur de Louvars avait sur son prisonnier à peu près tous les pouvoirs, hormis celui de le tuer, et plusieurs articles détaillaient les aggravations qu'il pouvait apporter au châtiment si bon lui semblait.

– Quel âge avez-vous ? demanda-t-il.

Il le savait maintenant, mais voulait faire parler cet inconnu.

– Dix-neuf ans, Monseigneur.

– Vous étiez vassal du seigneur de Varielles ?

– Oui, Monseigneur.

Emmanuel quitta soudain son siège, fit le tour de la table et s'approcha du prisonnier. Celui-ci eut un geste d'enfant : il leva le bras, comme pour se protéger d'un coup. Emmanuel prit sa main et la remit sur l'accoudoir du fauteuil.

– Relevez votre manche, dit-il.

Le Maudit obéit et son poignet apparut, encerclé par le bracelet vert. C'était un curieux assemblage de cuir et d'or, large et assez épais. Trois anneaux et autant de petits taquets en garnissaient l'extérieur. Sur le dessus, une plaque d'or ciselée signalait l'endroit où il fallait loger le trèfle. L'ensemble ne paraissait pas serrer le poignet : simplement s'y plaquer étroitement. Il ne semblait pas non plus peser très lourd. Emmanuel rabattit lui-même la manche de la chemise sur ce bijou barbare, puis se rassit à son bureau. Il prit le trèfle d'or sur le bois et le regarda un instant briller au creux de sa paume. Dehors, les trompettes de la garde résonnèrent, et de nouveau le prisonnier eut un sursaut nerveux.

– Bien, dit Emmanuel. Je vais vous faire donner un appartement et des serviteurs. Deux gardes seront attachés à votre personne et vous ne sortirez pas de chez vous sans eux. À l'intérieur de l'enceinte vous êtes libre, pour le moment.

Il alla à la porte pour appeler ses gardes et donner quelques ordres. Le Maudit s'était levé. Quand l'escorte apparut il la suivit, de lui-même.

*

Dans la grande salle les vassaux d'Emmanuel piétinaient d'impatience. Ils avaient réussi à retenir quelques instants le comte de Ryvat mais n'avaient pu lui arracher que peu de détails. Le jeune vicomte de Chevilliers surtout débordait de questions. Et il trouva fort mauvais qu'Emmanuel ne veuille pas s'engager à lui laisser lire les documents qui accompagnaient le Maudit.

– Juste son crime...

– Non, dit Emmanuel. Ne faites pas l'enfant, Alexis.

– Comment est-il ?

– Très jeune. Dix-neuf ans. Et on ne les lui donnerait même pas.

Alexis de Chevilliers ne s'était pas rassis et marchait de long en large, transporté par l'aventure. « Le Maudit ! dit-il. Par Dieu, le Maudit, ici ! Tout le monde en parlait à Montereau la semaine dernière... On le verra ? »

– Au moins le soir : il me doit deux heures de faction.

– Quel genre de faction ?

– De neuf heures à onze heures, tous les soirs de sa vie, dès lors que je suis au château. Et les mains liées, s'il vous plaît. Je ne vois pas trop l'utilité de la chose...

– Il vous a parlé ?

– Pas exactement. Il m'a répondu.

– Mais comment est-il ?

– Je vous l'ai dit : très jeune. Épuisé. Ils ont coupé par Brénilis, Ryvat et lui, et je suppose qu'ils l'ont fait sans étapes. Méfiant. Blond. Un visage d'ange et un regard extrêmement dur.

– Sans étapes ? interrompit Louis d'Ixelles. Certainement pas... D'après le comte de Ryvat le Maudit ne pouvait pas croiser un couvent sans supplier qu'on lui accorde la grâce de se confesser au prieur... et s'ils ont traversé les forêts de Brimes, où il y a trois couvents par lieue...

D'autres questions fusèrent, ensuite : « Est-il vraiment noble ? Comment doit-on l'appeler ? À quoi ressemble le bracelet ? A-t-il parlé du procès ? Lui a-t-on laissé son collier ? A-t-il l'air d'un fou ? »

Emmanuel se mit à rire, soudain :

– Mais vous êtes plus curieux que des femmes !

– Qu'allez-vous faire de lui, Seigneur ?

– Le garder, puisqu'on m'a confié sa garde... Que puis-je faire d'autre ? Le régent a établi pour lui une sorte de règlement, que le tribunal a contresigné... Cela vous le lirez, Messires, pour savoir comment vous comporter avec lui. Ainsi il lui est interdit de parler le premier à aucun homme noble : vous en tiendrez compte. Mais si vous voulez en savoir plus long sur lui que n'en dit ce protocole, Alexis, vous le lui demanderez vous-même... et ne l'interrogez pas sur ce qui a précédé sa condamnation : il n'a pas le droit d'en parler.

– Pourquoi ?

– La vie des Maudits commence à la malédiction, vous savez bien...

– Elle finira mal, dit Faulves. Je suis plus âgé que vous tous et j'ai vu enterrer un Maudit à Vauxelles, dans ma jeunesse : ils l'ont d'abord fait dépecer par des chiens...

*

Emmanuel ne revit son prisonnier que le lendemain soir, quand on le conduisit chez lui pour sa première faction. Il apparut un peu avant neuf heures à la porte du bureau d'audiences et se posta à quelques mètres de la table, devant un mur. Le garde qui l'accompagnait lia ses poignets derrière son dos avec une cordelette, puis se retira. C'était le responsable de l'escorte attribuée au Maudit par Emmanuel ; il avait choisi un homme intelligent et calme, qui aurait toute la vigilance souhaitable mais ne ferait pas d'excès de zèle.

Le Maudit regardait le feu brûler dans la grande cheminée. Sous la manche de sa chemise l'or du bracelet se devinait un peu. Les servantes avaient commencé leur office et lavé sa tenue de la veille. Il était mince, et se tenait très droit. Sa jeunesse frappa Emmanuel, de nouveau. « C'est encore un adolescent, pensa-t-il, comme Chevilliers... »

Il se remit ensuite à ses cartes et oublia le prisonnier. Un artisan de Choinzy avait obtenu une audience ce soir-là et plaida pour la grâce de son apprenti, condamné à trois ans de mine. Emmanuel l'écouta sans l'interrompre, mais confirma la sentence. Il reçut ensuite son intendant. Quand il s'intéressa de nouveau au Maudit, beaucoup plus tard, il vit que celui-ci avait reculé de quelques pas pour s'adosser au mur, et qu'il fermait les yeux. Son visage était absolument désespéré.

Dix-neuf ans, pensa Emmanuel : dix-neuf ans, le plus sombre des crimes derrière lui, le procès, le bracelet, l'épuisante chevauchée à travers l'île vers un grand château froid et cette longue faction enfin, à trois pas d'un seigneur inconnu que rien ni personne ne pourrait empêcher de se conduire avec cruauté s'il en avait le caprice... Que pouvait penser le prisonnier de son destin, à ce moment précis ?

– Messire ?

Le Maudit se redressa, aussitôt, et s'écarta du mur. Son visage était redevenu impassible. Emmanuel hésita. Comme tous les êtres forts, il était doux et compatissant envers les faibles. Mais que dire à cet adolescent pris au piège ?

– Êtes-vous passé par Chevilliers, hier ?

– Je ne sais pas, Monseigneur.

– Un château à trois tours égales, construit sur une hauteur ?

– Je ne crois pas.

Emmanuel se leva, sa carte du nord de l'île à la main, et s'approcha du Maudit pour la lui montrer. Quand il fut devant lui il le vit se crisper, et malgré ses bras liés derrière son dos esquisser un geste de défense. Il s'arrêta, surpris.

– Messire, dit-il. Je vous en prie. Je suis le seigneur de ce fief et pas son bourreau. De plus... je n'ai pas l'intention d'abuser des droits que j'ai sur vous, si vous ne m'y obligez pas.

Il vit un peu de surprise passer, rapide, dans le regard gris qui s'était levé un instant.

– Regardez cette carte, reprit-il. Si vous avez approché Chevilliers vous avez forcément emprunté la piste Blanche. Ici, voyez : à droite du fleuve. Cela n'a pas pu vous échapper.

– Nous n'avons suivi aucun fleuve.

– Alors vous avez pris la piste de Pierre-Rube. Il replia sa carte. D'ailleurs Salvius entrait, ses cheveux blancs tout ébouriffés. Il était l'apothicaire de Louvars et son astrologue. Il avait été aussi le précepteur d'Emmanuel et lui seul pouvait se permettre avec lui un semblant de familiarité.

– La patrouille de la côte est de retour, dit-il. Rien, rien, rien... Des nomades sur l'île Verte, comme d'habitude. Mais rien d'autre.

Il s'assit avec Emmanuel devant le feu qui se mourait.

– Ils ont pris sur le fait le braconnier du bois, dit-il aussi.

– Eh bien il était temps... Tu lui feras donner dix coups de fouet.

– Non, Seigneur. Certainement pas. Ni dix ni cinq, et pas même un seul.

Comme Emmanuel le regardait, surpris, il se mit à rire :

– Il a sept ans. Il est là, dans le couloir. Je le fais entrer ?

– Oui, dit Emmanuel en souriant. Diable, sept ans ! Il s'y prend tôt...

Quand on lui amena l'enfant, un solide petit garçon roux, il se leva.

– Tu as braconné, dit-il sévèrement.

– C'est pas moi, répondit l'enfant.

Il était vêtu assez proprement, comme l'étaient les petits villageois, et un bâton bien taillé pendait à sa ceinture.

– Ne mens pas, dit Emmanuel. Sais-tu que le braconnage est puni du fouet ? Je vais t'en faire donner vingt ou trente coups qui te remettront les idées en place...

L'enfant leva son petit visage hardi vers la haute silhouette du seigneur :

– J'ai pas peur du fouet. J'ai pas peur du tout.

– Tu as du courage, dit Emmanuel. C'est bien. J'aime le courage et je vais te faire grâce pour cette fois : mais ne recommence pas.

Quand l'enfant fut sorti Emmanuel se rassit, amusé. « Tu le feras reconduire chez son père demain matin, dit-il à Salvius. Avec quelques sols. Sacré gaillard... »

Il était onze heures : le garde du Maudit entra, lui délia les mains et l'emmena. Les deux hommes le regardèrent sortir, puis échangèrent un regard perplexe.

– Quelle histoire extravagante, dit Salvius. Pourquoi le régent l'a-t-il envoyé si haut dans le Nord ?

– Je me le demande. Et on m'a fait là un honneur dont je me serais bien passé. Qu'avait-il à l'épaule ?

– Rien de bien grave. Une série d'estafilades. Mais qu'il est jeune, Seigneur !

– Il t'a parlé, hier soir ?

– Non. Pas un mot. De toute façon il dormait debout. Il est difficile de l'imaginer commettant un tel crime... Allez-vous le laisser libre ?

– À l'intérieur de l'enceinte, oui, s'il se conduit raisonnablement. Mais avec ses gardes tant que je ne saurai pas dans quelle mesure on peut se fier à lui. Parce que s'il a des crises de démence, comme c'est probablement le cas, mieux vaut qu'il ne soit jamais seul.

Salvius semblait triste, soudain.

– Il est si jeune, dit-il. Son bracelet lui a fait mal, ce matin, il s'est plaint un peu, à peine... Il a l'air d'avoir peur.

– J'ai vu ça : hier soir, et tout à l'heure encore, il a vraiment cru que j'allais le frapper.

– Il n'a pas dû avoir une seule minute de répit depuis son arrestation.

Emmanuel se carra dans son fauteuil, et hocha la tête :

– Eh bien, dit-il, les voilà maintenant, lui et son bracelet, avec quarante ou cinquante ans de répit devant eux... Grand bien leur fasse à tous les deux.

*

Le convoi officiel arriva le lendemain, précédé de la grande bannière du tribunal de Systèle. Il s'arrêta devant le pont-levis, pour livrer du vent au seigneur de Louvars – puis repartit.

On remit malgré tout à Emmanuel quelques objets plus tangibles : deux autres trèfles d'or, le coffret du bracelet et un lot de soieries précieuses, cadeau du régent.

Le Maudit ne quittait ses appartements que pour sa faction du soir, et s'il était fou il le cachait bien.

D'après Salvius, qui le visitait chaque jour, il se conduisait de façon très sensée.

– Il lit, disait le vieil homme. Des heures et des heures. Je n'ai jamais vu un noble lire autant. Il m'a demandé de quoi écrire... C'est possible ?

– Mais bien sûr, dit Emmanuel. Qu'il agisse à sa guise, tant qu'il ne créera d'ennuis à personne.

Salvius avait ajouté, ce soir-là :

– J'ai vu son bracelet officier. C'est assez atroce. J'espère qu'il a vraiment mérité cela...

*

Le Maudit était arrivé à Louvars un mardi soir. Le samedi suivant, un peu avant minuit, Emmanuel se fit annoncer chez lui. Salvius avait tenu à l'accompagner : le retrait du bracelet l'intéressait fort.

On avait attribué au prisonnier trois pièces situées au bout d'un couloir du dernier étage, pour en faciliter la surveillance. Un garde se tenait en permanence à l'entrée du couloir et un autre devant la porte de l'appartement. Quand le Maudit sortait ils lui emboîtaient le pas et le suivaient à quelques mètres, où qu'il aille. On les changeait chaque jour et l'expression : « Demain, je suis de Maudit » deviendrait bientôt familière aux hommes de la troupe.

Ce soir-là le Maudit écrivait quand Emmanuel et Salvius entrèrent. Il se leva aussitôt. Son protocole ne lui permettait pas de s'asseoir devant Emmanuel, à moins que celui-ci ne lui en ait donné l'ordre. Sa plume tomba sur le papier et y fit une petite tache d'encre.

– Je n'ai pas apporté les croquis, dit Emmanuel. J'ai pensé que vous sauriez me guider.

Le Maudit savait certainement. Mais parler pour dire autre chose que « Oui, Monseigneur » ou « Non, Monseigneur » devait lui être pénible. Il tendit son bras, et donna les indications demandées d'une voix très basse :

– Il faut d'abord mettre le trèfle. Soulevez la plaque d'or et placez le trèfle, oui... Refermez. Maintenant vous pouvez ouvrir les taquets.

Fasciné par la complexité de la manœuvre, Salvius s'était penché lui aussi.

– Soulevez les anneaux et tournez le plus grand vers la droite... les deux autres vers la gauche... Rabaissez-les. C'est tout. Vous pouvez ouvrir.

Un très mince interstice venait de se dessiner sur l'une des charnières du bracelet. Emmanuel pesa avec les pouces, de part et d'autre : le cercle de cuir s'ouvrit. Le Maudit en fit glisser sa main. Son poignet ne portait aucune trace, pas même une simple rougeur. À l'intérieur du bracelet, logées dans une encoche, il y avait deux roues dentées et une minuscule fiole de verre, incurvée, emplie d'un liquide verdâtre. Emmanuel posa l'objet sur la table et Salvius s'en empara aussitôt pour l'examiner de plus près.

– Comme c'est curieux... dit-il. Là, voyez, Seigneur, c'est le suc de la pierre, celui dont parlent les textes sacrés... Une telle minutie ! Une telle complexité ! Regardez ces roues, seul un orfèvre a pu... Une merveille ! Une véritable merveille !

Il s'arrêta net, un peu confus, et déposa le bracelet dans le coffret où il devait être enfermé le jour du Seigneur-Dieu. Une petite lueur d'amusement passa dans les yeux du Maudit. Ce ne fut qu'un éclair : aussitôt il baissa le nez et ne parut plus s'intéresser qu'à la tache d'encre faite par la plume sur sa feuille.

*

Emmanuel revint seul, le dimanche soir, remettre la petite merveille. Le Maudit l'attendait. Il avait déjà revêtu cette longue chemise que portaient alors les hommes la nuit, et jeté sur ses épaules ce qu'on appelait une cape de veille, ample et grise. Emmanuel pensa qu'il ressemblait, ainsi vêtu, à un jeune novice.

Il ouvrit le coffret qui était resté sur la table et en sortit le bracelet. Le Maudit y glissa sa main sans l'ombre d'une hésitation, le mit en place lui-même autour de son poignet, et tendit son bras au seigneur pour que celui-ci refasse, à l'envers, les manœuvres de la veille. Quand la plaque d'or se referma il y eut un petit déclic.

*

Le prisonnier se montrait aussi méfiant et silencieux avec Salvius qu'avec Emmanuel. « Quel surprenant personnage... disait l'apothicaire. Il vous regarde, vous ? »

– Non, souriait Emmanuel. Une demi-seconde... Ses yeux ne lui servent guère qu'à localiser l'interlocuteur dans la pièce.

À Salvius, pourtant, le prisonnier parlait parfois. Il lui avait demandé des livres, puis de l'encre et du papier. Il l'interrogea un matin sur le climat du Nord. Et c'était à lui qu'il s'adressait pour tous les problèmes pratiques qu'il rencontrait : ainsi, sur les endroits du château où il pouvait aller et sur ce qu'il pouvait ou non ordonner à ses gens.

– Est-il fou ? demandait souvent Emmanuel. C'est surtout cela que je voudrais savoir...

Salvius hochait la tête, perplexe.

– Je ne sais pas, Seigneur. Je ne sais vraiment pas.

– Il faut pourtant bien qu'il le soit...

Emmanuel voyait son prisonnier deux heures de rang, chaque soir, quand on le lui amenait pour sa faction. Mais il n'en tirait aucune indication. Planté devant son mur et parfaitement immobile, le Maudit attendait que le temps passe, aussi calme que s'il s'était trouvé là de sa propre volonté.

S'intéressait-il à ce qu'il lui arrivait d'entendre ? Ce n'était même pas sûr. Emmanuel passait en général ses journées dehors. Mais le soir il recevait les chefs de ses patrouilles, son intendant ou ses bourgmestres. Il étudiait ses cartes avec l'un ou l'autre de ses vassaux et contrôlait les registres du fief. Salvius entrait à sa guise, pour dix minutes ou pour deux heures, prêt à discuter de tout ce qu'on voudrait – de la culture des fèves à la course des astres. Le Maudit ne semblait prêter aucune attention aux conversations et son visage demeurait impassible, comme si on avait parlé autour de lui une langue étrangère. Le soir où Chevilliers et Ulmes s'échauffèrent jusqu'à presque en venir aux mains, au sujet des chances de survie du petit prince de Systèle, il ne consentit même pas à leur accorder un regard.

Son bracelet seul pouvait le faire sortir de sa réserve. Emmanuel n'avait pas encore assisté à l'un de ces accès insupportables dont lui avait parlé Salvius, mais il en surprenait souvent de plus discrets. Le Maudit se crispait soudain, et pâlissait. Il tirait sur ses liens, instinctivement, avec le vain espoir de libérer ses bras, puis se dominait et ne bougeait plus, respirant à peine. Une minute, deux minutes? Si c'était plus long une plainte sourde lui échappait parfois. Il se détendait ensuite. Cela semblait le fatiguer, ou peut-être l'étourdir : il lui arrivait de chanceler, quand la douleur avait cessé. Et il reculait de quelques pas, en général, pour s'adosser au mur.

« En fait, disait Salvius, c'est imprévisible. Avez-vous vu les encoches des roues dentées? Il y en a sept petites, et une très large, sur chaque roue. Il arrive souvent que deux petites encoches soient face à face, certainement : une minuscule gouttelette du suc de la pierre doit se libérer, à peine, un rien, un souffle – et si ce sont les deux grandes encoches qui se croisent, ce qui est forcément plus rare, une goutte. Je suppose qu'il en est ainsi. Quant à ce qui fait tourner les roues, ça... les mouvements qu'il fait, sans doute, les battements de son sang... comment savoir? Les textes sacrés disent même que le suc de la pierre a sa propre volonté... »

*

Le Maudit n'était pas sorti de chez lui les premiers jours, mais dès la deuxième semaine il s'enhardit et se risqua dans la cour, le matin, avant qu'elle ne s'anime vraiment. Il montait sur les remparts et regardait la mer. Il s'intéressa plus tard au déchargement des charrettes des fermiers, près des cuisines. Enfin il explora les cours extérieures, où vivait la troupe. Les écuries surtout le retenaient. Apparemment il aimait les chevaux. Il en soigna un une fois et s'en tira très bien. Aux soldats qui ne portaient pas au cou le collier d'or des nobles il pouvait parler le premier ; Emmanuel l'entendit un matin raconter à un petit tambour, d'une voix vive et gaie qu'il ne lui connaissait pas, le siège d'Illyrie. Le récit était rapide et drôle. Captivé, l'enfant ouvrait de grands yeux.

– Tu comprends, disait le Maudit, ils avaient mis la voumière beaucoup trop près des douves et...

Il aperçut alors le seigneur et le capitaine Sainte-Luce, à dix pas de lui. Il rougit et se tut. Gagné par sa gêne, le petit tambour décampa comme s'il avait été en faute.

– Vous êtes bien jeune pour avoir été au siège d'Illyrie, dit Sainte-Luce.

Il avait parlé avec bonté. Pourtant le Maudit rougit plus encore.

– On me l'a raconté, dit-il.

Sa voix était basse et neutre : le modèle parfait d'une voix de prisonnier. Dès qu'il le put sans impolitesse, il s'éloigna. Sainte-Luce le regarda disparaître derrière les écuries, suivi par ses gardes, et haussa les épaules.

– Étrange histoire, dit-il. Y a-t-il un temps à sa peine, Seigneur ?

– Non, répondit Emmanuel. À vie.

Repris par son souci du moment, il demanda :

– Pensez-vous qu'il soit fou ?

– Je ne le crois pas, dit Sainte-Luce. Il est souvent avec mes hommes et il se conduit très normalement, pour autant que ce soit possible dans la situation où il est. Allez-vous lui laisser longtemps ses gardes ? Il paraît inoffensif...

– S'il l'est, sourit Emmanuel, c'est très récent. Et je ne vous souhaite pas, Capitaine, d'être enfermé avec lui toute une nuit dans la grande salle d'un château du Sud.

Il ajouta, plus sérieusement :

– C'est un fou ou c'est un monstre, Sainte-Luce. Il n'y a pas d'autre possibilité. Et qu'il soit l'un ou l'autre je ne me sens pas d'humeur à le laisser sans surveillance.

*

Le prisonnier avait-il trop rêvé, ce jour-là, aux batailles d'Illyrie ? Aux folles chevauchées dans la lande, au fracas des combats ? Il n'était pas depuis une demi-heure dans le bureau d'Emmanuel qu'il perdit son calme habituel et se mit à donner des signes d'impatience. Peut-être avait-il tout simplement oublié où il se trouvait, à force de fixer le mur devant lui et de s'ennuyer ferme. Il commença par secouer la tête, comme si ses cheveux eux-mêmes le gênaient. Il battit ensuite du pied sur les dalles. Puis il se mit à siffloter, les yeux perdus dans le vague.

Emmanuel s'était arrêté d'écrire et l'observait, surpris. C'était la première fois qu'il le voyait ne plus se surveiller. La station debout ne semblait pas lui être pénible et ses liens n'étaient jamais trop serrés, mais sans doute supportait-il mal de rester immobile si longtemps : il en frémissait, pour l'heure, comme un animal pris au piège, et qui va bondir, ou crier... Le petit air qu'il sifflait s'accéléra, devint presque guerrier. Enfin, poussé à bout, il ferma les yeux et eut un soupir d'exaspération si profond qu'Emmanuel n'y put tenir :

– Plus qu'une heure et demie, dit-il.

Brusquement rappelé à la réalité, le Maudit le regarda, sans comprendre d'abord. Puis il rougit.

– Excusez-moi, murmura-t-il.

Il y avait là un léger progrès parce qu'il aurait très bien pu, en fait, ne rien dire du tout ; et certainement il aurait gardé un silence prudent une semaine auparavant si la même mésaventure lui était advenue. Emmanuel ne laissa pas retomber ce rideau un instant levé :

– Vous devriez choisir la petite fenêtre du fond, dit-il : on voit la mer.

– Je peux?

Cette fois c'était un gros progrès, d'autant que le titre de rigueur brillait toujours par son absence.

– Mais bien sûr, dit Emmanuel. Je ne sais pas à quoi correspondait cette faction dans l'esprit du régent, mais je souhaite qu'elle vous soit le moins pénible possible.

Il n'obtint pas de réponse. Le Maudit s'était glissé vers la fenêtre, aussi prudemment qu'un chat dont on aurait allongé la laisse.

– Je regrette que vous ne puissiez pas lire, dit Emmanuel. Vous aimez lire, je crois ?

– Oui, Monseigneur.

La voix était redevenue basse et circonspecte. Emmanuel sourit, pour lui-même, et se remit à ses comptes.

(L'histoire du Maudit, petite, est aussi celle d'une amitié. Et l'amitié met longtemps à naître. Elle pose des jalons et prend des repères avant de se risquer. C'est qu'elle va très profond, vois-tu, et peut mettre une âme en danger aussi bien que l'amour. Aucune amitié ne sera plus grande et plus claire, dans toute l'histoire de Systèle, que celle du Maudit et d'Emmanuel de Louvars. Mais ils ne le savent pas encore, ce soir-là.

Emmanuel additionne les chiffres d'une colonne. Le Maudit regarde la mer jouer sous la lune avec ses vagues. Il pense à Florimond de Belques et serre les dents pour ne pas pleurer. La pièce est sombre et silencieuse.

Étrange soir, où se tissent beaucoup des fils du destin. Dans les forêts de Brénilis un enfant blond, face à toute une troupe de soldats, crie qu'il est le prince de Systèle – et tombe. Personne n'en saura rien avant très longtemps. Le sang qui coule de sa bouche se mêle à la boue.

L'un des assassins a ri. Les autres se sont tus, un bref instant, pour regarder s'éteindre, à leurs pieds, l'antique lignée de leurs rois.

« Va voir s'il est bien crevé », dit une voix méfiante...

Il l'est.

Très loin de là, dans une mansarde des bas quartiers de la capitale, Ralsug étale des herbes devant lui sur une fine couche de sable, et ce qu'elles lui disent le bouleverse.

Les peuplades de la Pointe délibèrent sur leur colline sacrée... L'homme qui se tient debout sur la souche des dieux, seul, et parle d'Emmanuel, n'a-t-il pas de longs cheveux roux ?)

*

Vers la fin de janvier, un samedi soir, Emmanuel trouva Salvius chez le Maudit, devant une table chargée de livres et de manuscrits.

– Je me fais lire du velte, dit l'apothicaire.

Emmanuel se tourna vers le Maudit, surpris :

– Vous le parlez ?

– Oui, Monseigneur.

– Je possède quelques textes veltes que personne n'a jamais pu me traduire... Me feriez-vous la grâce de l'essayer ?

– Mais... oui, Monseigneur.

Il faillit ajouter quelque chose, mais y renonça et baissa la tête. Il était minuit : Emmanuel prit le trèfle à sa ceinture. Il défaisait rapidement le bracelet maintenant. Ses doigts allaient seuls sans qu'il y fasse vraiment attention. La plaque d'or, le trèfle, les taquets, les anneaux, peser sur la charnière...

– En fait, dit-il en déposant le bracelet dans son coffret, je n'ai jamais entendu un mot de velte. Voulez-vous m'en dire quelques phrases ?

Le Maudit tendit la main vers le livre ouvert sur la table.

– C'est un essai sur les marées...

Il ne le prit pas, pourtant. Il hésitait. Puis un petit sourire passa sur ses lèvres et il se mit à parler, en regardant ses doigts. Doux et un peu sourd, le velte différait beaucoup du systélien si rocailleux. Emmanuel reconnut un mot, un seul, le nom de l'île certainement : « Systéléma ». Le Maudit parla quelques minutes. Et c'était un vrai récit qu'il faisait là : il y avait des dialogues, des changements de ton, des pauses, et manifestement une conclusion. Il se tut ensuite. Et soudain il éclata de rire. Saisis, Emmanuel et Salvius le virent devant eux se transformer en quelqu'un d'autre : ses yeux brillaient, hardis, et son visage rayonnait de malice sous ses cheveux blonds. Il avait un rire d'enfant, si communicatif que les deux hommes se mirent à rire eux aussi.

– Malina vassim Systéléma oulme, dit-il.

De nouveau, il rit. Puis il s'arrêta net.

– Pardon, murmura-t-il.

– Mais je vous en prie... dit Emmanuel. Le velte a l'air d'une langue très gaie.

– Pas vraiment gaie, dit le Maudit qui avait repris son sérieux. Calme et heureuse. Elle ressemble à ceux qui la parlaient, comme il arrive souvent. Et qui a modelé l'autre à son image ?

Il vit qu'Emmanuel l'observait avec curiosité et baissa les yeux aussitôt.

– Je traduirai vos textes, Seigneur.

– Seulement si vous le désirez. Ils attendent depuis plus de trois cents ans, ils peuvent attendre longtemps encore.

Dans le couloir, Salvius et lui s'interrogèrent du regard.

– Il est peut-être fou, après tout... dit Salvius. Pourquoi riait-il ?

– À mon avis, répondit Emmanuel avec amusement, parce qu'il nous a dit sur notre compte plusieurs petites vérités qu'il ne se risquera jamais à nous traduire. Mais as-tu vu, Salvius ? Il est redevenu enfant, pendant quelques instants...

*

Le lendemain on ne conduisit pas le Maudit dans la pièce où Emmanuel avait l'habitude de travailler le soir, mais dans la grande salle. Il y recevait trois des vassaux de son voisin, le seigneur de Larvey. Devant ces inconnus le Maudit marqua un temps d'arrêt. Puis il prit sa faction habituelle, à quelques mètres d'Emmanuel. Alexis de Chevilliers se trouvait là aussi et lui adressa un semblant de sourire ; mais le Maudit n'y répondit pas.

On ne débattait pas des chances qu'avait le petit prince de Systèle d'échapper au régent, sujet pourtant incontournable : cela avait déjà été fait au cours du repas. Mais on s'enflammait sur les cartes d'Emmanuel.

Louvars et Larvey étaient les derniers fiefs du nord de l'île. Après eux s'étendaient trente milles de terres qui n'avaient jamais été conquises, ni même explorées. D'étranges peuplades barbares y vivaient encore. Lorsqu'elles tentaient des razzias c'était rarement près de Louvars, dont elles redoutaient les troupes, mais un peu plus à l'est. Cependant Emmanuel y faisait lui-même des incursions, plusieurs fois par an, pour étendre autour de son fief une zone de sécurité. Ses patrouilleurs arpentaient les collines et relevaient soigneusement tous les signes de vie et d'activité qu'ils rencontraient. Des petits drapeaux les signalaient sur la grande carte qu'on venait d'étaler sur la table. Disséminés encore. Emmanuel ne se lancerait que lorsqu'ils se seraient rassemblés.

– Cependant, dit Chevilliers, nous pourrions...

Il était jeune, fougueux, totalement inconscient, et ne semblait caresser qu'un rêve : courir seul à l'assaut des tribus barbares, la bannière de Louvars à la main. Emmanuel avait le plus grand mal à le contenir.

– Pas déjà, Alexis. L'hiver, vous le savez bien, ils ne cessent de se déplacer. Voulez-vous combattre un courant d'air ?

Le Maudit regardait la carte avec une surprise évidente. Pour lui permettre de parler, puisqu'il ne pouvait le faire le premier, Emmanuel lui posa une question :

– Les cartes que l'on trouve dans le Sud sont-elles aussi précises ?

– Je ne sais pas, répondit le Maudit. Je n'ai jamais vu de cartes de l'île entière. C'en est une ?

– Mais oui. Venez voir.

Il s'approcha. Les vassaux de Larvey s'écartèrent pour faire place à cet inquiétant personnage, aux mains liées derrière le dos, qui ne connaissait pas le tracé des côtes de son île.

– Louvars est ici, dit Emmanuel, voyez, au nord.

– C'est un grand fief...

– Mais très exposé : toute la pointe de l'île, ici, est encore à découvrir. J'essaie depuis six ans d'en établir une carte.

– Où est Brénilis ? J'y suis passé, en décembre...

On lui désigna cette zone, à l'ouest. Puis, tout au sud, le fief de Varielles dont il venait. Et enfin la capitale, Systèle, dont partaient les routes qui irriguaient l'île.

– Mais c'est très grand ! dit-il.

Le sire de Rulières eut un rire moqueur :

– Pensiez-vous vivre sur deux hectares de sang caillé, Messire ?

Le Maudit le regarda, sans répondre. Puis il baissa les yeux et recula pour reprendre sa place contre le mur.

*

– Il ne sait pas grand-chose, reconnut Salvius le lendemain. Je jurerais qu'il a eu un moine pour unique précepteur quand il était enfant, et un moine ignorant comme eux seuls savent l'être parfois. Il connaît la liturgie par cœur et qui d'ailleurs, à part quelques vieux moines, parle encore le velte ? Mais sorti de là, rien, ou presque rien... Il n'a même jamais entendu parler des théories de Siverte, je n'aurais pas cru cela possible. Il est vraiment d'une ignorance crasse, et c'est étonnant qu'il soit noble : le dernier petit noblion des montagnes de Vauxelles en sait plus long que lui.

– Il est noble pourtant.

– Je sais.

Emmanuel sourit à son vieux maître :

– Il t'intéresse, dit-il.

– Oui, reconnut Salvius. Rien n'est cohérent en lui, rien ne s'explique, tout se heurte et se contredit. Son ignorance et son intelligence. Sa jeunesse et ce crime de dément. Sa courtoisie et sa hauteur. Sa nervosité et son courage... Vous n'avez toujours pas vu son bracelet se mettre vraiment en marche ?

– Non. Et je ne suis pas pressé.

– Ça se déclenche très souvent, en fait. Cinq ou six fois par jour. Et autant la nuit, je suppose. Ça a l'air à peu près supportable. En tout cas il ne crie pas, il se crispe seulement : on s'en apercevrait à peine si on ne savait rien.

– Ça, j'ai vu. Ça lui arrive quelquefois le soir.

– Pour le reste... vous verrez, c'est assez impressionnant.

– C'est long ?

– Cinq à six minutes. Parfois un peu moins, parfois un peu plus.

– Que fait-il ?

– Rien. Il crie. Mais il essaie de crier le plus tard possible. C'est un parti intelligent parce que ça lui laisse une possibilité d'action, un combat à mener. Il tenait quelques secondes à son arrivée. Un peu plus longtemps maintenant. Je ne crois pas qu'on puisse supporter ça sans hurler de toute façon, et malheureusement pour lui il ne s'évanouit jamais. C'est vraiment un châtiment de Maudit... Ses juges connaissaient-ils le bracelet vert ? Ont-ils eu la curiosité de le voir agir ? À leur place, j'aurais préféré le bûcher...

– Peut-être, dit Emmanuel. Seulement tu n'es pas le Grand Juge de Systèle – et moi non plus.

Ils étaient sur le mur d'enceinte et regardaient s'éloigner la patrouille du capitaine Sainte-Luce. À leurs pieds, la mer battait furieusement les murailles.

– Savez-vous, dit soudain Salvius, qu'il a croisé le prince de Systèle, en décembre ?

– Le Maudit ? Où ?

– À Brénilis. Le prince et les évêques étaient dans l'un des couvents de la route que suivait le comte de Ryvat. Celui d'Agathange, je crois.

– Et il l'a vu ?

– Il le dit en tout cas.

– Mais comment est-ce possible ?

– En fait, il a demandé à se confesser. Il le faisait toujours. L'évêque en personne l'a reçu et ils sont restés une heure dans la chapelle du couvent. C'est Ryvat qui lui a dit, après, que l'enfant assis dans l'une des stalles était le prince de Systèle.

– Comment était-il ?

– Il faudra interroger le comte quand nous le reverrons. D'après le Maudit c'était un enfant blond et silencieux, d'environ douze ans, peut-être treize, avec de grands yeux très bleus. Étrange destin que celui-ci aussi, Seigneur...

La comparaison était un peu sacrilège, et Salvius en sourit lui-même.

– Je veux parler de fatalité, dit-il. Le régent ne laissera jamais le prince atteindre l'âge d'homme, et le destin du Maudit est écrit lui aussi. Que peut-on éprouver, quand vos dés ont été lancés une fois pour toutes ?

– Ceux du prince peuvent encore rouler un peu. Les évêques ont réussi jusque-là à le soustraire au régent.

– Mais cela tient du miracle depuis trois ans et les miracles ne durent pas. Les troupes du régent encerclent Brénilis depuis l'automne et chaque jour l'étau se resserre : il mourra, Seigneur. S'il n'est pas déjà mort, comme le bruit en court...

*

Le Maudit remit à Emmanuel, cet après-midi-là, la traduction du premier texte velte. Il ne parla pas, puisqu'il ne pouvait pas le faire de lui-même, mais il sourit en tendant le rouleau. Il avait un très beau sourire, qui éclairait son visage et faisait briller ses yeux. Il allait repartir aussitôt : Emmanuel le retint, d'un doigt posé un instant sur son bras.

– Merci, dit-il. Venez, s'il vous plaît. Parlez-m'en un peu.

Il l'entraîna dans la bibliothèque toute proche et défit sur une table le ruban du rouleau.

– C'était un poème ?

– Non, Monseigneur, une complainte. Je ne la connaissais pas et pourtant je pensais les connaître toutes. Elle est d'un moine illyrien du IIe siècle.

Emmanuel lut les premières lignes, attentivement. Il était question d'une route à empierrer.

– Drôle de sujet, dit-il.

– Mais c'était toute une aventure, cette route, pour...

Il s'arrêta net. Emmanuel leva les yeux, surpris, et le vit pâlir. Il avait posé sa main droite sur son bracelet et ne respirait plus. La peur qui l'habitait était si grande qu'Emmanuel, instinctivement, fit un pas en arrière. Pendant quelques secondes les yeux du Maudit s'accrochèrent aux siens, comme pour y chercher de l'aide. Puis il se pencha en avant et ses mains étreignirent le bord de la table, si fort que les jointures de ses doigts en blanchirent. Il glissa ensuite à genoux et se recroquevilla sur lui-même aux pieds de la table. Une longue plainte lui échappa – puis des cris.

Emmanuel recula encore. Il comprenait maintenant l'écœurement de Salvius : la douleur devait être atroce, pour arracher ces cris-là...

De la pièce voisine une servante apparut, un torchon à la main, les yeux écarquillés, et son saisissement était tel qu'elle osa interroger le seigneur :

– C'est le Maudit ?

– Oui, dit-il.

Elle le vit alors, ramassé en boule hurlante, si courbé que ses cheveux frôlaient le sol, et elle le regarda un instant, incrédule. Puis elle se sauva, comme poursuivie par le diable. Les cris continuèrent, déchirants.

Ils s'arrêtèrent net quelques minutes plus tard, remplacés par une longue plainte lasse et fiévreuse. Salvius venait d'apparaître à son tour. Il se tenait au seuil de la pièce, le visage sombre. Emmanuel et lui regardèrent ensemble le prisonnier émerger lentement de son enfer, cesser de trembler si affreusement, et enfin se taire. « On aurait dû l'exécuter, pensa Emmanuel. Ne serait-ce que par humanité. Par simple humanité. Le régent a-t-il entendu ces cris-là ? »

Le Maudit resta quelques instants encore à terre. Puis il se releva, péniblement, en s'aidant de la table. Il était livide, et son visage semblait étrangement creusé, comme si la souffrance en avait plaqué la chair sur les os. Il eut du mal à reprendre son souffle. Ensuite la conscience du monde extérieur parut lui revenir. Incrédule, Emmanuel l'entendit murmurer une excuse.

– Je vous en prie, dit-il doucement.

Il ajouta :

– Asseyez-vous.

Salvius les avait rejoints près de la table et s'assit lui aussi. Il lut la complainte, lentement. « Ce sont les Veltes qui ont pavé la route du roi, dit-il. Ce texte en est bien la preuve. » Emmanuel et lui discutèrent ce point un instant. Le Maudit les écoutait. Son visage avait repris un peu de couleur. Mais à plusieurs reprises il frissonna, nerveusement. Il parla ensuite – à Salvius, qui n'était pas noble et à qui il pouvait donc adresser la parole.

– Il peut s'agir d'une autre route, dit-il. À l'époque des Veltes on commençait à relier l'intérieur des terres aux côtes.

Ses cris avaient un peu voilé sa voix. Elle était basse, et sourde. Emmanuel croisa son regard, ce qui lui arrivait rarement : cette fois encore les yeux gris se détournèrent aussitôt.

– Salvius m'a dit, risqua-t-il, que vous aviez vu le prince de Systèle en traversant Brénilis ?

– Oui, dit le Maudit, mais je n'ai fait que l'entrevoir, et sans savoir qui il était. Il avait des yeux très bleus... il était assis dans une stalle et il jouait avec des bûchettes, ou bien il les comptait, je ne sais pas. On se sert parfois de ces bâtons pour apprendre le calcul aux enfants. Il était blond. Je n'ai rien vu d'autre.

– Quel âge avait-il ?

– Douze ou treize ans, apparemment. Peut-être un peu moins.

Il allait mieux. Et il se leva, de lui-même.

*

En février Emmanuel entreprit avec ses vassaux, à la pointe de l'île, deux expéditions qui firent merveille. Il neigea. D'étranges rumeurs couraient les pistes de Systèle : on chuchotait que l'étau qui menaçait le prince-enfant, à Brénilis, s'était resserré au point d'avoir atteint le Grand Couvent, le mois précédent – et que le régent y avait fait donner l'assaut. Qu'il ait décidé la mort de l'enfant, personne n'en doutait. Mais avait-il osé, vraiment, le faire abattre froidement ?

Un barbare fut pris sur la plage et jeté dans la cage de fer qu'on leur réservait sur la tour du château : la faim, le froid et les corbeaux se chargèrent de lui. On arrêta Robin le Vitry, ce brigand que l'on pourchassait depuis si longtemps. Emmanuel le condamna à mort et on le pendit à l'entrée du pont-levis.

L'hiver s'appesantit quelques semaines encore sur le Nord. Puis il commença à douter de lui-même, à céder çà et là, à laisser quelques crocus se risquer dans les bois...

À Louvars on attendait avec impatience le retour des caravanes. La route du roi qui serpentait à travers l'île s'arrêtait des lieues avant le fief d'Emmanuel et les caravanes ne pouvaient l'atteindre qu'au printemps.

(*Et tu sais, petite, ce que représente une caravane pour les fiefs du Nord, lorsque l'hiver recule enfin ? Nous en avons suivi une, toi et moi, avec Voltig, quand il cherchait le coffret de madame de Cassage... Une caravane ! Imagine ! Des tissus chatoyants, des nouvelles, des filles et des chansons ! La fête du printemps, petite !*)

*

Le Maudit était à Louvars depuis trois mois maintenant. Si sa garde était un honneur ce n'était en tout cas pas une charge : on ne l'avait jamais vu s'écarter du protocole rédigé par le régent. Emmanuel l'avait libéré de ses gardes et le laissait aller et venir à sa guise à l'intérieur de l'enceinte.

Sa vigilance ne se relâchait pourtant jamais tout à fait, peut-être parce qu'il avait lu, lui, la description minutieuse du crime du Maudit. Et quand Salvius l'en entretenait, ce qui était fréquent, il répétait : « Oui, oui... mais il est fou, Salvius. »

– Il faut alors qu'il soit devenu bien sage, dit Salvius un soir. Je crois le connaître assez bien maintenant et je n'ai jamais rien senti en lui qui ressemble à ce crime. Un fou ne saurait dissimuler si longtemps...

– Je n'en sais rien, répondit Emmanuel. Je ne sais qu'une chose, mais celle-ci je la sais bien : quand on fait ce qu'il a fait, on est fou.

– Mais l'a-t-il fait, Seigneur?

Emmanuel lança au vieil homme un regard significatif.

– Je ne dirais ceci à personne d'autre qu'à vous, se défendit Salvius. Le régent... Le régent est mon maître autant que le vôtre. Mais il y a trois ans qu'il pourchasse un enfant dans les forêts de Brénilis et quand il l'aura trouvé il le tuera, si ce n'est pas déjà fait depuis l'assaut de janvier – pas un homme sensé n'en doute. S'il peut faire cela, pourquoi n'aurait-il pas pu monter ces accusations de toutes pièces?

– Pour la meilleure des raisons, sourit Emmanuel, bien qu'elle ne soit pas à son honneur, et tu viens de la donner toi-même. Il faudrait alors tenir pour certain que le Maudit le gênait : et en ce cas il ne l'aurait pas laissé en vie.

Salvius ne s'était jamais tenu ce simple raisonnement. Il baissa le nez, saisi.

– C'est vrai, dit-il.

– Réfléchis aussi aux circonstances. Le Maudit n'avait jamais quitté Varielles, il n'était que le fils d'un petit vassal : en quoi aurait-il pu inquiéter le régent? Celui-ci d'ailleurs est intervenu très tard dans l'histoire... lors de la condamnation, pas avant, quand il a insisté pour le bracelet vert. Le procès avait déjà eu lieu. Il était public et trente-sept témoins venus de Varielles ont assisté aux débats... Ne rêve pas, mon ami.

Il ajouta, après un instant de silence :

– Il y a autre chose. Je l'ai bien traité, Salvius. Pour autant que ce soit possible à un prisonnier je pense qu'il ne peut pas se plaindre de son gardien. Et il te sait empli de compassion pour lui. Si sa culpabilité avait été inventée, ou seulement outrée, il l'aurait dit. À toi ou à moi. Quel innocent pourrait porter ce bracelet sans en appeler à Dieu lui-même? C'est alors qu'il serait fou à lier, oui...

– C'est vrai, dit Salvius de nouveau. Mais alors je ne comprends pas.

– Moi je ne bute que sur les détails. Le crime lui-même, je peux le comprendre.

– Vous faites bon marché des pères ?

– Non, sourit Emmanuel. Mais je peux imaginer entre son père et lui, à la rigueur, une de ces effroyables histoires de haine et d'incompréhension comme il en advient parfois. Je peux même concevoir qu'il l'ait d'abord frappé dans le dos : il n'aurait sans doute pas eu raison de lui sans cela. Mais après ? Il lui a tranché les mains, arraché les yeux, il l'a longuement torturé et l'a regardé agoniser toute une nuit... Toute une nuit, Salvius : il est FOU.

– Mais s'il est fou, pourquoi le traiter ainsi ?

À cette question-là Emmanuel fit sa réponse habituelle :

– Je ne suis pas le régent.

Salvius avait repoussé les cartes sur la table et regardait le feu. « Je lui ai fait attribuer quelques jolies servantes pour son linge, dit-il. Celle qui lui a plu... je l'ai interrogée. »

Emmanuel eut un rire moqueur et Salvius, presque vexé, se défendit :

– Vous m'aviez demandé de l'observer, Seigneur...

– C'est vrai. Et alors ? Cette fille ?

– D'après elle il se conduit le plus normalement du monde. Et plutôt même avec douceur.

– Salvius, dit Emmanuel, ôte-moi d'un doute... Quand les servantes de mon père ont commencé à me plaire, autrefois... les as-tu interrogées ?

– Mais oui, Seigneur. J'étais votre précepteur et c'était mon devoir.

Emmanuel se mit à rire, soudain. « Je me souviens très bien de la première, dit-il. J'avais quinze ans, elle était brune et hardie... A-t-elle trouvé que je me conduisais normalement ? »

– Oui, dit Salvius. Et votre père s'en est réjoui avec moi.

(Je te dis cela parce que c'est dans l'histoire. Tu le comprendras plus tard. Mais ne l'oublie pas. Que vaut le cœur d'un homme, si sa main peut se poser sans douceur sur un corps de femme ?)

*

La première caravane atteignit Louvars au début d'avril, et pendant deux semaines le château ne désemplit pas. Traditionnellement les vassaux d'Emmanuel et leurs familles se réunissaient alors près de leur seigneur. On donna des bals, on chassa le loup et on tenta chez les dames quelques conquêtes flatteuses...

Emmanuel faisait toujours doubler ses gardes en ces jours de liesse. Il était un bon chef de guerre et savait qu'à la place des tribus de la Pointe il aurait choisi ce moment pour attaquer. Ses troupes patrouillaient nuit et jour aux limites nord du fief, par groupes de vingt hommes.

Rien ne transparaissait d'ailleurs de ses préoccupations. Il aimait la solitude et l'austérité de sa vie habituelle mais pouvait aussi se montrer accueillant, sociable et gai. Et puis la petite comtesse de Rianes avait de si jolis yeux de myosotis...

Il faisait convier le Maudit à toutes les réjouissances prévues, dès lors qu'il ne s'agissait pas de quitter le château. Le prisonnier ne souhaitait-il vraiment pas se mêler aux autres invités, ou se méfiait-il de son bracelet ? Il faisait répondre chaque fois qu'il remerciait le seigneur, lui présentait ses respects, mais sollicitait l'autorisation de ne pas quitter ses appartements, s'il plaisait à son maître de lui en octroyer la grâce. Certes, en ce qui concernait la déférence des formules employées il ne pouvait encourir le moindre reproche...

Rien n'aurait pu pourtant le dispenser de sa faction du soir et il n'essaya pas de l'éviter. On le voyait apparaître dans la grande salle à neuf heures, suivi par un garde. Il se postait toujours au même endroit, contre le mur du fond, et baissait les yeux pendant que l'homme lui attachait les poignets. Il semblait ensuite s'intéresser beaucoup aux dessins des tapisseries accrochées aux murs – fort occupé à craindre, sans doute, que son bracelet ne le force à se donner en spectacle.

Emmanuel l'observait souvent et ne le vit qu'une seule fois en difficulté. Il le connaissait bien maintenant, ou plus exactement connaissait sa façon de souffrir. Quand il se penchait en avant il était perdu : dans les dix secondes il se mettait à crier. Mais quand il se contentait de pâlir et de serrer les dents il arrivait en général à supporter la douleur sans trop se trahir. Le plus visible était encore ce geste instinctif qu'il avait, les premières secondes, pour tenter de libérer ses bras en tirant sur ses liens.

Ce soir-là l'accès ne semblait pas trop sévère. Mais il n'en finissait pas et le Maudit, manifestement, s'épuisait. Il baissait la tête, tendu comme la corde d'un arc, et par des voies mystérieuses un peu de son angoisse s'était transmis à ses voisins immédiats. Un grand silence pesait sur cette partie de la salle : chacun avait les yeux fixés sur ce très jeune homme, immobile et crispé. Il eut un gémissement sourd, plusieurs fois. Puis il se détendit, et chancela comme il le faisait toujours quand la douleur avait duré longtemps. Emmanuel n'était pas loin de lui : il lui saisit le bras et le retint, fermement. Dès qu'il le sentit capable de tenir debout seul il le lâcha. Les conversations reprirent.

On parlait évidemment du prince de Systèle. Ce drame dont l'issue ne faisait aucun doute pour personne alimentait toutes les conversations de l'île depuis trois ans. Exactement depuis que les évêques de Brénilis étaient entrés en rébellion et avaient refusé de remettre au régent cet enfant que leur avait autrefois confié le roi.

– D'après Ryvat, disait le comte de Faulves, il a treize ans. Je l'aurais cru plus jeune. Souvenez-vous qu'au siège de Tiardes la reine était grosse...

– Mais pas de lui, interrompait le duc de Ryves. Feu la reine, que Dieu la reçoive, a perdu beaucoup d'enfants en bas âge. Celui-ci est né bien avant le siège de Tiardes. La reine était à Brénilis pour la célébration des Sources...

– La vérité vraie, Ryves, c'est que personne ne s'est soucié de lui avant la mort de son frère aîné. Le premier mâle du roi est le seul à avoir une existence légale, vous le savez bien. On parque les autres à Brénilis pour en faire des moines et ils ne mettent jamais un pied à la Cour : si Ryvat n'avait pas vu celui-ci, en décembre, on ne saurait même pas à quoi il ressemble.

– Mais l'a-t-il vu de ses yeux ?

– Parfaitement. De ses propres yeux. Il ne se laisse pas facilement interroger là-dessus, parce que c'est un courtisan fanatique, mais il en a pourtant parlé au sire de Vitré. Il n'a fait que croiser le prince à l'aller, en conduisant le Maudit ici, mais au retour il l'a vu plus longuement. Un enfant blond, dit-il. Douze ou treize ans, pas davantage. Blond, frêle, avec les yeux très bleus de sa mère. Vous souvenez-vous des yeux de Madame la reine ? C'était sa seule beauté, mais elle était grande.

– Si Ryvat l'a vu, bien sûr... Treize ans ? C'est-à-dire que pour cinq ans encore le régent a le pas sur lui.

– « Aurait eu », Louis, « aurait eu »... Il est mort.

– Est-il mort ? Ces bruits ne passent jamais par les voies habituelles, ils courent, ils s'enflent... Le régent a fait donner l'assaut au Grand Couvent à la fin de janvier, c'est sûr, mais...

– Le 17, Alexis. Le 17 janvier. La date semble certaine.

– A-t-il fait retirer ses troupes de Brénilis ensuite ? Sa fameuse Garde Soulte ? C'est ce qu'il faudrait savoir. Parce que s'il ne l'a pas fait, l'enfant vit encore.

– Il vit, intervint le duc de Ryves. Il vit, parce que le régent n'aurait pas osé... Non, il n'aurait pas osé. Pas comme ça.

À trois pas des discoureurs, le Maudit semblait épuisé. Il ne pouvait pas, dans cette grande salle où plus de trente personnes allaient et venaient, s'appuyer au mur comme il se le permettait parfois quand il était seul avec le seigneur. Celui-ci regarda l'heure à la vieille horloge velte, et adressa au prisonnier un petit signe d'encouragement. Il était onze heures moins dix. Le Maudit lui sourit, d'abord. Puis son regard redevint méfiant et se détourna.

Quand son garde vint le délivrer, à onze heures, il ne le suivit pas tout de suite. Il s'astreignait maintenant, par courtoisie sans doute, à rester quelques minutes de plus. Ce temps écoulé il salua Emmanuel et sortit à son tour.

On délaissa le prince de Systèle, aussitôt, pour parler du réprouvé. Les dames lui firent l'honneur – avec un petit frisson toutefois – de le déclarer beau. L'une d'elles l'avait entendu crier le matin même dans un couloir et visiblement frissonnait plus que ses compagnes. « C'était horrible, dit-elle. Vraiment horrible. Je me suis bouché les oreilles... »

Il se trouvait dans l'assemblée, comme toujours, quelques personnes bien renseignées. Elles s'étendirent complaisamment sur les détails du crime. « ... les yeux... avec la pointe d'un poignard... il l'avait d'abord frappé dans le dos avec une pique... toute une nuit, oui... non, je ne connais pas le nom de sa terre... ce sont les autres vassaux du seigneur de Varielles qui ont porté l'affaire devant le régent... on entendait les hurlements de la cour, mais il avait tout barricadé... il l'a couché sur les braises... »

*

C'était un samedi et Salvius se trouvait encore chez le Maudit quand Emmanuel y entra. Ils parlaient du prince, eux aussi.

– Ne me dites ni où ni quand il mourra, dit Emmanuel en souriant. C'est extraordinaire, il n'est question que de cela, alors que tout le monde pense à autre chose...

– Et à quoi pense « tout le monde » ? demanda Salvius.

– Eh bien, comme moi, je suppose : que ce soit à Brénilis ou à Systèle, cette année ou la suivante, pourquoi doit-il mourir ?

– Parce que le régent a un fils, dit le Maudit.

Il venait de libérer sa main du bracelet et rabaissait la manche de sa chemise.

– Mais vous avez vu le prince, vous aussi, Messire... Avait-il les yeux de la reine ?

– Je n'ai jamais vu Madame la reine. Et quand j'ai vu le prince je ne savais pas qui il était, on ne me l'a dit qu'après. Il avait des yeux étonnants, très bleus, il comptait des bûchettes : je ne me souviens de rien d'autre.

Emmanuel remettait le trèfle à sa ceinture, et fermait le coffret du bracelet.

– Étrange histoire, dit-il. Il s'y joue plus précieux que la vie d'un enfant : l'ordre du monde. Et nous ne savons presque rien.

– Les évêques en ont toujours dit le moins possible sur lui, dit Salvius pensivement. Ils troublaient l'eau, pour égarer le pêcheur. Mais l'armée entière est dans la rivière maintenant. Avec le Temps lui-même : parce que l'histoire de cet enfant est celle d'une course contre le temps.

*

Le Temps avait gagné, on en eut bientôt la confirmation : après l'assaut du 17 janvier le régent avait fait retirer ses troupes de Brénilis.

Sa proclamation était un modèle de cynisme : « Notre bien-aimé neveu Renaud-Foulques de Systèle ayant librement exprimé le souhait d'achever son éducation chez les Saints-Évêques de Brimes nous nous sommes résolus à lui en accorder la grâce, malgré notre vif désir de le voir vivre près de nous jusqu'à sa majorité... Ainsi, l'entrevue avec le prince ayant eu lieu le 17 janvier en présence du Seigneur-Évêque, avons-nous fait retirer nos troupes dès le matin du 18... Réitérons au prince notre neveu l'assurance de notre bienveillante et respectueuse affection... »

Après cela plus personne ne revit l'enfant, et les évêques cessèrent d'errer de couvent en couvent dans les forêts de Brimes comme ils le faisaient depuis plus de trois ans.

La nouvelle assombrit les derniers jours de fête à Louvars. Le régent ne serait jamais roi : les lois de Systèle l'interdisaient. Mais son fils après lui, si. Il s'appelait Louis. Il avait vingt-huit ans. On le disait piètre guerrier et homme de peu de sens. Endeuillée par un crime, Systèle entrait sans doute dans une période sombre de son histoire.

II

À Louvars, la vie avait repris son cours normal après le départ des vassaux et des dames. Mais chaque semaine deux ou trois caravanes franchissaient le pont-levis, pour emplir aussitôt la cour de leurs marchandises et de leur gai vacarme. Une grande expédition à la pointe de l'île aurait bientôt lieu. De là aussi venaient des rumeurs confuses : on disait que les peuplades barbares préparaient une attaque plus à l'est, du côté du fief de Larvey. Mais aussi, et c'était plus inquiétant, que certaines d'entre elles avaient réussi à s'unir et à se choisir un chef.

(Bien sûr que c'est Rilor, mon enfant, que c'est DÉJÀ Rilor... Nous le connaissons bien, nous, alors qu'Emmanuel ignore encore jusqu'à son nom. Ils vont se combattre beaucoup d'années. Comme ils se ressemblent pourtant...)

*

Un soir de mai, alors qu'Emmanuel mettait pied à terre dans la cour après une journée de chasse, on lui apprit que le Maudit avait franchi le pont-levis. Pour parler à un musicien, apparemment. Et qu'il avait réussi à le faire.

Emmanuel se fit répéter la nouvelle, tant elle le surprenait. Le Maudit respectait si scrupuleusement, depuis cinq mois, les directives de son protocole !

Le capitaine qui était de garde ce jour-là à la herse n'en menait pas large. Le seigneur de Louvars n'était pas un maître cruel, mais il châtiait toujours ce genre de négligence avec sévérité. « Nous sommes trop près de la pointe de l'île, disait-il, pour qu'un pardon soit possible. »

L'homme put s'expliquer, pourtant, ce qu'un autre seigneur ne l'aurait peut-être pas laissé faire.

– La caravane d'avant-hier sortait de la cour, dit-il. Et celle des cordeliers approchait. Il a dû se glisser dans le groupe des tanneurs : c'est encore à leur tenue que ressemblait le plus la sienne, et il avait enroulé un linge noir autour de sa tête, comme eux. Les deux caravanes se sont croisées sur la lande, à cent mètres du pont. Il est revenu avec la deuxième. Mais cette fois un de mes hommes l'a reconnu.

– À qui a-t-il parlé ?

– Il ne l'a pas dit... mais d'après le chef des cordeliers, à un musicien qui s'était joint à eux trois jours auparavant. Et qui n'est pas entré, lui : il est reparti aussitôt par la piste des Florèges.

Emmanuel ne posa pas d'autres questions. Il ne saurait sans doute jamais ce qu'avait voulu tenter le Maudit. Une fuite, non, certainement pas. Donner ou recevoir un message probablement. Et c'était fait.

Il regarda le capitaine.

– Bien, dit-il. Va voir Maître Aubin. Dix.

C'était sa façon, laconique, d'annoncer les punitions. Celle-ci n'était pas très sévère. Dix coups de fouet n'avaient jamais tué personne. Le capitaine salua, et s'en fut.

Depuis le matin le Maudit attendait le retour du seigneur, debout près de la porte de la grande salle. Ses gardes s'étaient relayés. Mais lui semblait las. Emmanuel le fit délier et entra avec lui dans la salle. Il ne dit rien d'abord : il jetait ses gants de chasse sur un coffre, puis sa cape au travers d'un fauteuil. Le Maudit attendait, immobile, avec ce visage impassible qu'il savait si bien prendre.

– Vous êtes sorti de l'enceinte, dit enfin Emmanuel.

– Oui, répondit le prisonnier.

– Vous avez parlé à un musicien.

– Oui, Monseigneur.

– Saviez-vous qu'il viendrait ?

Le Maudit ne répondit pas cette fois. Il regardait la mer, par la grande fenêtre qui donnait sur la terrasse.

– Je pourrais vous le faire demander par mon bourreau, dit Emmanuel.

– Vous pouvez tout, répondit le Maudit.

Emmanuel s'assit et joua un instant avec son coupe-papier d'argent, embarrassé. L'idée de faire fouetter cet adolescent, déjà bien suffisamment torturé par son bracelet, lui répugnait. Pourtant il ne pouvait s'en dispenser, et le Maudit le savait aussi bien que lui. « Tout manquement à ce protocole sera puni des peines en usage dans le domaine du seigneur susdit, à savoir... »

– Bien, dit-il. Je vais vous faire conduire à la tour.

Il donna cet ordre aux gardes qui attendaient à la porte. Puis il fit convoquer Salvius.

*

– Je suppose qu'il peut supporter le fouet ? demanda-t-il au vieil homme.

– Pourquoi pas ? répondit Salvius. Il a un dos comme tout un chacun, et vous êtes le maître.

Assis à sa table, les feuilles du protocole étalées devant lui, Emmanuel eut un geste d'humeur.

– Salvius, dit-il, je suis le seigneur de Louvars et je ne peux pas agir autrement. Ce que je voudrais savoir de toi, ce n'est pas s'il faut le faire. Il le faut. C'est comment. Combien de coups. Tu es médecin, non ?

– Je me le demande, répondit Salvius. Un médecin digne de ce nom commencerait par lui enlever ce... cette horreur qu'il porte au poignet.

Il se calma ensuite et s'assit lui aussi.

– Combien de coups voulez-vous lui faire donner ?

– Quarante. Et un tour de claie.

– Quarante !

– Ça les vaut. Son protocole lui interdit absolument de quitter l'enceinte sans moi. C'est l'un des plus graves manquements, juste avant l'évasion, et l'évasion est estimée partout à soixante coups comme tu le sais très bien. De plus il a communiqué avec l'extérieur et il n'en a pas le droit. Quarante.

– C'est trop, Seigneur. Vous ordonnez rarement tant de coups... Il est très jeune et son bracelet ne lui laisse pas beaucoup de forces.

– Alors trente. Mais pas moins.

– Et si cette... machine se déclenchait, justement ?

– On attendrait, voyons, et le temps qu'il faudrait... Rien d'autre ?

– Non, dit Salvius. Je vous entends souvent dire que vous n'êtes ni le régent ni le Grand Juge. Eh bien moi je ne suis pas le seigneur de Louvars. Alors rien d'autre.

– Tu le visiteras ?

– Pour quoi faire, Seigneur ? Compter les traces de coups et m'assurer qu'elles sont bien trente ?

– Salvius... Je voudrais que tu le voies au moins une fois, la nuit.

– Je le ferai si vous m'en donnez l'ordre.

Emmanuel lui sourit, sans rancune :

– Je te le donne, dit-il.

*

Maître Aubin était un bon bourreau, habile, et dénué de pitié autant que de cruauté. Quand Emmanuel descendit à la tour ce soir-là il trouva pourtant son homme un peu ébranlé : le bracelet vert s'était mis en route une heure auparavant et les cris du Maudit avaient saisi tous les assistants.

– Je connais les cris des hommes, dit-il à Emmanuel. Celui-ci endure beaucoup quand il crie.

– Où est-il ?

– Au cachot des pailles. Qu'ordonnez-vous, Seigneur ?

– Trente. Et un tour de claie.

Le bourreau acquiesça du menton, comme s'il avait eu à ratifier la sentence. Emmanuel s'assit. Dans cette salle comme dans toutes celles du château un large fauteuil de bois sombre, décoré d'or, lui était réservé ; et l'usage imposait aux seigneurs d'assister aux punitions, dès lors qu'il s'agissait de plus de vingt coups et qu'il fallait donc user des grands fouets. Il ramena sa cape autour de lui et regarda, distraitement, les aides de Maître Aubin descendre les anneaux.

Tout autant que la cage destinée aux barbares les anneaux de Louvars avaient une sinistre réputation. Ceux du sol, auxquels on attachait les chevilles des condamnés, ne recelaient aucun mystère ; mais un cercle de petites dents acérées garnissait ceux qui maintenaient leurs bras levés. On les devait au vindicatif Othon IV. La seule chance qu'avaient les suppliciés de ne pas s'y faire déchirer les poignets était de tenir fermement les chaînes et de prier Dieu que la douleur ne les leur fasse pas lâcher.

Emmanuel regardait maintenant les aides étendre sur le sol de l'estrade une couche de paille fraîche. Il pensait à ce chef barbare dont il venait juste d'apprendre le nom : Rilor. Dans les fermes de la frontière quelques paysans l'avaient aperçu. On le disait d'une grande férocité. « Aucun d'eux n'a jamais pu les rassembler tous, pensa-t-il. Deux clans, trois... jamais plus. Il en sera peut-être de lui comme de tous ceux qui l'ont précédé. Un feu de paille... » Il tourna la tête : on faisait entrer le Maudit, par la porte voûtée qui menait aux cachots. Ses mains étaient liées derrière son dos. On le laissa debout devant l'estrade.

Maître Aubin y préparait ses fouets. À Louvars comme partout ailleurs les dix premiers coups se donnaient avec un fouet de cordelettes nouées. Elles causaient des meurtrissures très douloureuses mais n'entamaient pas la peau. Pour les dix coups suivants on usait d'un fouet de cuir dont la longue lanière déchirait vite la chemise et l'épiderme. Au-delà il s'agissait vraiment d'un supplice et le bourreau prenait, pour tous les coups restants, un instrument redoutable dont quelques lanières étaient garnies de petits triangles de métal.

Ce soir-là il aurait besoin des trois et il les disposa soigneusement sur le banc, côte à côte, en bon ordre. Emmanuel vit le Maudit les regarder et serrer les dents. Ses cheveux blonds faisaient dans la pénombre de la salle une tache de lumière et sur son visage, comme toujours, on ne lisait pas grand-chose : il aurait pu attendre dans un couloir l'heure d'une audience avec cette même expression absente et distraite. D'où il était placé pourtant Emmanuel pouvait voir ses mains : elles s'ouvraient, puis se fermaient et se crispaient, nerveusement, sans arrêt. Se sentit-il observé ? Il tourna la tête vers le seigneur et leurs yeux se croisèrent, pour quelques secondes. Ses mains liées restèrent ensuite parfaitement immobiles derrière son dos.

Quand les aides du bourreau s'approchèrent de lui il fit un pas en arrière, instinctivement. Mais un seul, et il se laissa délier et conduire sur l'estrade sans résister. On ne lui enleva pas sa chemise, parce qu'à Louvars on ne le faisait jamais. Sa veste brodée seulement, et l'écharpe de soie qu'il portait à la taille. Les anneaux ouverts pendaient devant lui au bout de leurs chaînes : il tendit les bras de lui-même pour que l'un des aides les referme autour de ses poignets. Puis il baissa la tête, pour regarder l'autre attacher ses chevilles aux anneaux du sol. Le flot lisse de ses cheveux cacha son visage. Vêtu de clair, et si blond, il paraissait terriblement jeune et vulnérable entre les deux silhouettes sombres qui s'affairaient autour de lui. Emmanuel détourna les yeux, mal à l'aise. « L'imbécile, pensa-t-il, l'imbécile... il devait pourtant bien se douter de tout cela... »

Quand les chaînes se tendirent, entraînant ses bras vers le haut, le Maudit déplaça plusieurs fois ses doigts autour des maillons de fer pour bien assurer sa prise et secoua la tête pour rejeter ses cheveux en arrière. Puis il ferma les yeux. Les aides reculèrent.

Avant de continuer à peser sur le levier de la roue Maître Aubin se tourna vers Emmanuel, attendant une indication. Le seigneur de Louvars punissait durement et ne faisait jamais grâce ; mais ce petit signe convenu entre son bourreau et lui, qui recommandait un peu de ménagement, il l'accordait souvent. Pour tous les prisonniers très jeunes en particulier, et celui-ci l'était plus que les autres...

Le signe vint. Maître Aubin opina du menton. Message reçu : les chaînes ne seraient pas trop tendues, on ne tirerait pas sur les lanières avant qu'elles n'aient quitté la peau, et surtout les coups seraient assez espacés pour que le prisonnier puisse reprendre haleine après chacun d'eux. Deux pesées encore sur le levier, pour que les bras soient bien levés... Tout était en place. Maître Aubin bloqua la roue, recula et prit son premier fouet. On n'attendait plus que l'ordre d'Emmanuel.

Il ne le donna pas tout de suite. Il regardait le Maudit et son visage avait une expression pensive qui ne lui était pas habituelle. Une fois de plus la jeunesse du prisonnier le frappait, et aussi le contraste qu'elle offrait avec son crime. Il y avait de la fierté, pourtant, chez cet adolescent, et beaucoup de courage : comment avait-il pu tuer avec tant de sauvagerie ?

Le silence se prolongeait et le bourreau, surpris, baissa le bras. Un appel rude monta, du dehors : on cherchait Sainte-Luce. Emmanuel regardait les doigts du prisonnier, crispés autour des chaînes. « Va », dit-il de sa voix toujours si calme.

Les dix premiers coups n'arrachèrent au Maudit que des sursauts, et des cris sourds aussitôt réprimés. Mais quand le bourreau prit le deuxième fouet, que la chemise se déchira et que le sang coula, il se mit à souffrir et à crier vraiment. Emmanuel ne voyait pas son visage ; seulement un peu de son profil, quand il levait la tête pour reprendre son souffle. La panique ne l'avait pas encore saisi et ses mains tenaient fermement les chaînes. À la fin pourtant les coups, que Maître Aubin graduait toujours savamment, devinrent très forts, et ses doigts cédèrent. Un peu de sang coula sur ses bras. Donné en oblique sur les traces laissées par les autres, le dernier coup, le plus violent, le fit chanceler. Et hurler, cette fois.

Avant d'en venir au grand fouet le bourreau fit une pause, suivant l'usage cruel de Louvars. Il s'assit au bord de son banc, s'essuya le front d'un revers de manche et se mit à repousser du pied, pensivement, quelques brins de paille tombés de l'estrade. Adossés à un mur ses aides attendaient, pareillement immobiles et muets.

Emmanuel venait là depuis des années et tout ceci lui était familier – du sang qui imbibait lentement le linge du supplicié à sa respiration encore haletante, entrecoupée de plaintes. Mais pour la première fois cet arrêt rituel lui parut insupportable. Seul sur son estrade, sa chemise lacérée rouge de sang, le Maudit luttait contre la douleur et l'épuisement pour ne pas vaciller, ni lâcher les chaînes. Quand il cédait, pour quelques secondes, les dents des anneaux mordaient ses poignets blessés, lui arrachant un cri, et il se crispait pour se redresser. « Il le savait, pensait Emmanuel, il le savait forcément... »

Peu après le bourreau se saisit du grand fouet. La boucherie, maintenant, commençait vraiment. Quand les triangles de métal firent éclater la chair de son dos le Maudit poussa un hurlement de bête forcée, perdit ce qui lui restait de sang-froid et tira sur les chaînes comme s'il avait eu l'espoir de les arracher du mur. Ses poignets s'écorchèrent aussitôt dans les anneaux et des filets de sang en descendirent.

Les suppliciés comprenaient assez vite, en général, que ce geste-là ne pouvait qu'aggraver leur sort. Le Maudit fit comme eux et cessa de tirer. Mais à chaque coup il recommença.

Emmanuel ne baissait pas les yeux : il ne le faisait jamais. Pourtant ce soir-là il plissait légèrement les paupières, comme pour rendre un peu floue l'image de cet adolescent livré, si près de lui, à la peur et à la souffrance. S'étonnait-il, avec le bourreau, de n'entendre aucune des supplications fébriles et affolées que ce fouet-là arrachait d'ordinaire aux plus endurcis ? Le Maudit hurlait quand les lanières s'abattaient, et si fort qu'on devait l'entendre de la cour, tirait sur les chaînes, criait encore, s'arrêtait, suffoquait... mais il n'implorait pas. Il reprenait péniblement son souffle et se crispait dans l'attente du coup suivant, sans rien espérer de personne, comme s'il s'était su exclu sans recours de toute possibilité de pitié.

Après le vingt-huitième coup ses genoux fléchirent et il lâcha tout à fait les chaînes. Le bourreau lui laissa le temps de se redresser. Il y réussit. Emmanuel le vit appuyer sa joue contre son bras levé, un court instant : ses cheveux s'y tachèrent de sang. Les deux derniers coups ne lui arrachèrent plus de cris aussi forts ; seulement de longues plaintes d'animal blessé. Manifestement il allait s'évanouir. Il avait lâché prise et les anneaux seuls le retenaient debout. Quand on l'en délivra il glissa sur le sol recouvert de paille, et y resta.

Maître Aubin était un peu médecin, comme tous les bourreaux. Il se pencha sur le corps étendu, posa une main sur la poitrine, puis sur le cou. Ensuite il céda la place à ses aides et se tourna vers le seigneur.

– Ça ira, dit-il. Mais tout juste.

Emmanuel se leva et s'approcha de l'estrade. Les aides s'affairaient. Ils avaient tiré le Maudit à l'écart de la paille et entouraient ses poignets de chiffons de toile pour arrêter le sang. Sur celui que vit Emmanuel la chair était à vif.

– Il a du courage, dit Maître Aubin qui tenait toujours à donner son opinion. Mais il est bien jeune pour le grand fouet, et il est nerveux... il aura beaucoup de fièvre. Est-ce qu'il pourra boire ?

Emmanuel hésita. Le Maudit commençait à reprendre conscience et se plaignait, très bas. Il ouvrit les yeux un instant, puis les referma.

– Non, dit Emmanuel. Traite-le exactement comme les autres. Je n'ai pas l'intention de recommencer ça trop souvent, autant que la leçon soit bonne... Mais prends une claie à nœuds plats, à cause de son bracelet. Et ne l'y mets pas tout de suite.

*

Emmanuel se réveilla bien avant l'aube, cette nuit-là. Une inquiétude vague l'habitait. Quelque chose lui avait échappé dans cette histoire de musicien... mais quoi ?

Les lambeaux d'un rêve étrange traînaient encore autour de lui. Il avait chevauché longtemps le long d'une grève, avec de sombres compagnons, et découvert enfin un mort gisant sur le sable. Entre les jambes des chevaux noirs le corps étendu, vêtu de blanc, semblait une statue de cire. Quelqu'un hurlait, loin, derrière les dunes...

Ces images n'avaient rien d'effrayant mais elles étaient empreintes d'une telle désespérance qu'Emmanuel en était accablé. Et pourquoi lui parlaient-elles du Maudit ?

Il finit par quitter ses appartements et descendre à la tour, poussé par un curieux sentiment d'urgence et de danger. Ses gardes dormaient sur les bancs du couloir. Il ne les réveilla pas. Il lui arrivait rarement d'aller seul et sa marche à travers le château lui parut étrangement silencieuse. Le vent du sud, violent et tiède, soufflait par rafales dans la cour.

(C'était la nuit où Rilor, à l'extrême pointe, négociait avec Vilarme la vente des bateaux-sirènes, tu sais ?)

Les gardes des prisons ne dormaient pas, eux. L'un d'eux releva même sa hallebarde. Puis il reconnut le seigneur et reprit sa place contre le mur.

La salle des claies se trouvait sous la pièce principale de la tour. Elle était plus sombre encore et une seule torche y brûlait cette nuit-là. Les claies s'alignaient contre l'une des parois. C'étaient des plaques d'osier grossièrement tressé et noué : y coucher un homme qui venait d'être fouetté prolongeait ses souffrances sans fatiguer le bourreau et l'usage existait à Systèle depuis la nuit des temps. Un tour de claie durait jusqu'à l'aube dans le Nord, et trois heures au Sud où les mœurs étaient moins rudes. À Louvars, où tout était pire que partout ailleurs, la torture s'aggravait de la privation absolue d'eau. Aucun prisonnier ne pouvait boire à la tour, quelles que soient ses souffrances ou sa fièvre, et les baquets d'eau posés au pied des murs ne servaient qu'à laver le sol et rafraîchir les gardiens.

Le Maudit était seul dans la salle, et parfaitement conscient. En descendant l'escalier Emmanuel l'avait entendu murmurer des mots sans suite, d'une voix lasse et fiévreuse. Il devait demander de l'eau. Les prisonniers le faisaient tous, même seuls, tant la soif les dévorait vifs. La plainte s'était arrêtée net, pourtant, quand les pas d'Emmanuel avaient résonné sur les dalles.

(Tu frémirais, petite, devant ce qu'il vit en s'approchant de la claie... Mais en ces temps reculés de Systèle on ne s'émouvait pas pour si peu. La mort et la souffrance faisaient partie de chaque vie. Si quelque chose surprit Emmanuel ce fut de voir que dans ce jeune visage épuisé, sali de sang, de sueur et de poussière, le regard gris avait gardé sa fierté.)

On y lisait aussi de la surprise, et de la peur. Cette haute silhouette soudain apparue près de la claie, enveloppée de la cape noire des seigneurs, n'avait rien de rassurant.

– Ce musicien, dit Emmanuel... Pourquoi n'est-il pas entré ?

Le Maudit lâcha la barre d'appui, fichée dans le mur au-dessus de sa tête, et fit jouer ses doigts contre elle, plusieurs fois, pour en soulager la crispation. Il sentait le sang, et la fièvre.

– Avez-vous vu des oiseaux ? demanda-t-il.

Emmanuel pensa d'abord qu'il délirait. Mais non. Et la question fut reposée.

– J'ai vu des mouettes hier soir, répondit-il.

– Sur la grève ?

– Oui.

Le Maudit regardait ses doigts se tendre, puis se replier, au-dessus des chiffons sanglants qui entouraient ses poignets. Il avait de longues mains fines. Emmanuel pensa à ce qu'il avait fait avec ces mains-là et détourna les yeux. « Je ferai lire les pièces du procès à Salvius, pensa-t-il. Cela lui facilitera les choses... »

– J'ai l'impression que je ne pourrai plus jamais écrire, dit le Maudit. Pensez-vous que mes doigts soient cassés ?

– Non, répondit Emmanuel. Pourquoi le seraient-ils ? Seulement engourdis, je suppose...

L'étrangeté de cette conversation le frappa soudain. Salvius avait raison : en dehors de son destin lui-même, qui était très particulier, le Maudit était un surprenant personnage.

– Pourquoi ce musicien n'est-il pas entré dans la cour avec la caravane, Messire ? Il vous aurait vu très facilement...

Cette fois encore, le Maudit laissa la question sans réponse. Il regardait les pierres de la voûte, au-dessus de lui.

– Pourquoi ? répéta Emmanuel.

Sa voix s'était durcie, imperceptiblement.

– Valia rassimé nié sita milatine, dit le Maudit. Ella voussame factul...

Emmanuel posa une main brusque sur son épaule, pour le faire taire. Il sentit le corps se raidir sous ses doigts, retira sa main et y vit du sang.

– Pardon, dit-il.

– Je vous en prie, murmura le Maudit. Faites. Mais à votre place j'appellerais le bourreau : vous allez vous salir.

Emmanuel ne répondit pas. L'insolence du Maudit l'étonnait, et surtout ce qu'elle supposait de courage chez cet adolescent à bout de forces. Qui, à part lui, aurait osé parler ainsi au seigneur de Louvars ?

(Et qui, à part lui, pouvait le faire sans avoir aussitôt à le payer très cher ? La vérité est qu'Emmanuel avait déjà, tu vois, beaucoup d'amitié pour le Maudit. Simplement, il ne le savait pas...)

– Avez-vous vu Salvius ? demanda-t-il.

– Oui, je crois. Je ne suis pas sûr. On embrouille tout, ici...

Sa voix, déjà très faible, avait fléchi encore sur les derniers mots. Il se tut et ferma les yeux. La pureté de ses traits frappa Emmanuel, une fois de plus, et certains passages de l'acte d'accusation lui revinrent à l'esprit. Effrayants. Comment relier à ce crime ce beau visage sensible et fier ? Cela était, pourtant...

Il se pencha, pour rincer sa main tachée de sang dans l'un des baquets posés au pied du mur – doucement et sans agiter l'eau, parce qu'il savait le prisonnier aussi cruellement torturé par la soif que par l'osier. Le sang devint rosé sur sa paume, puis disparut.

Il se redressa. Le Maudit le regardait, mais baissa les yeux très vite comme il le faisait toujours. Une impulsion irraisonnée traversa Emmanuel, violente, irrépressible. Sa main se leva sans qu'il l'ait décidé, et il effleura de ses doigts mouillés la bouche du prisonnier. Les lèvres brûlantes, si sèches que la peau en était craquelée, frémirent, mais restèrent closes.

– Il doit y avoir des gobelets, dit Emmanuel. Attendez.

Il les trouva un peu plus loin, au pied d'une autre claie, et remplit le plus grand d'eau fraîche. Le Maudit le regarda revenir à lui. Une expression étrange éclairait son visage et semblait en avoir effacé, pour quelques instants, la fatigue et la souffrance. Pour la première fois ses yeux rencontrèrent ceux d'Emmanuel sans se détourner aussitôt. Ils s'attardèrent au contraire, limpides et graves.

– Ils ne veulent pas que je boive, dit-il.

– Tant pis, sourit Emmanuel. Je me passerai de leur permission.

Il glissa une main sous la nuque du prisonnier pour le relever un peu, et l'aida à boire. Quand il le lâcha il revit cet étrange regard fixé sur le sien, aussi clair que celui d'un enfant.

– On vous détachera un peu avant l'aube, dit-il. Ce n'est pas dans très longtemps.

Il se détourna aussitôt, et sortit.

*

Il ne revit pas le Maudit avant le samedi, trois jours plus tard : on avait dû le dispenser de sa faction, parce qu'il avait eu beaucoup de fièvre et que Salvius s'était plusieurs fois déclaré inquiet. Depuis le matin pourtant il allait mieux. Il était assis près de sa fenêtre, un livre à la main. À l'entrée d'Emmanuel il voulut se lever, mais celui-ci l'en empêcha d'un geste.

– Minuit moins dix, dit-il. Vous allez devoir me supporter neuf minutes.

Le Maudit lui sourit, avec autant de naturel que s'ils avaient été deux jeunes nobles insouciants, compagnons de chasse ou de jeu.

– Alors parlez-moi des oiseaux de vos côtes, Monseigneur.

Il dut répéter. Sa voix était presque inaudible, comme cela se produisait quand son bracelet lui avait arraché trop de cris. Emmanuel lui jeta un regard rapide, puis parla de ses oiseaux en s'excusant de son ignorance. Les oiseaux ne l'avaient jamais intéressé.

– Vous avez pourtant une île où ils se rassemblent, dit le Maudit, et où ils nichent au printemps. Les livres veltes en parlent... et elle est à trois brasses de vos côtes.

– Aimeriez-vous y aller ?

– Ce serait possible ?

– Avec moi, oui.

Le Maudit eut un sourire d'enfant et dit, de son étrange voix éraillée :

– Je vous en serais très reconnaissant.

Emmanuel regardait son visage, encore pâle et amaigri. Le prisonnier semblait fragile ce soir-là, plus jeune encore, et sans défense.

– Mais n'allez pas là-bas sans moi, Messire. Une deuxième escapade pourrait vous coûter plus cher que la première.

– Je ne regarde pas à la dépense.

La réplique était drôle et ils en rirent ensemble. Mais le rire devait être pénible au Maudit, il porta la main à son cou et fit une petite grimace.

– J'ai trop crié, dit-il.

C'était la première fois qu'il faisait allusion à une souffrance. Emmanuel en fut surpris et vaguement touché. Il sentait chez son prisonnier quelque chose de nouveau. Les yeux gris, d'ordinaire si méfiants, ne se détournaient plus. Et on y lisait un peu de curiosité : le Maudit sans doute s'interrogeait sur son gardien...

– Je vous intrigue, dit Emmanuel.

– Oui, reconnut le Maudit.

Il ajouta, avec un restant de prudence :

– Excusez-moi.

Emmanuel lui sourit, avec aisance et naturel lui aussi, comme s'ils avaient été pour quelques instants égaux.

– Mais je vous en prie, Messire. « La connaissance du geôlier est précieuse au prisonnier... »

Cette vieille maxime systélienne fit sourire le Maudit.

– Vous êtes si calme, dit-il. C'est peut-être le plus frappant chez vous.

– J'ai tout intérêt à vous connaître moi aussi, dit Emmanuel : je ne crois pas que vous soyez calme.

Il regarda l'heure : il était minuit trois et il prit le trèfle à son ceinturon. Il ne lui fallait que quelques secondes maintenant pour défaire le bracelet. Le Maudit mit plus longtemps à en retirer sa main : ses poignets blessés par les anneaux étaient encore bandés. Il en vint à bout pourtant et posa le bracelet sur la table.

– Voulez-vous un autre proverbe, Monseigneur? « Ceci a été créé par le diable et retournera au diable... »

– Votre bracelet?

– Oui.

Emmanuel hésita un instant, puis se risqua :

– Quel genre de douleur est-ce? Une brûlure?

– Pas au début... Quand la goutte glisse sur la peau on a plutôt une impression de froid. Du froid qui serrerait, comme un anneau de glace. Ensuite ça brûle, oui, mais pas vraiment. C'est difficile à expliquer.

– Ça reste dans le poignet?

– En principe. Mais si ça dure ça monte dans le bras. Jusqu'à l'épaule quelquefois.

Il rit soudain, très bas :

– Ça brûle, mais c'est aussi une épée très froide qui s'enfonce à l'intérieur de l'os, lentement, du poignet au coude, puis du coude à l'épaule, et là qui creuse... Il n'y a pas de mots. Essayez, vous verrez.

– Merci bien, sourit Emmanuel. Je vous croirai sur parole, si vous permettez.

*

Salvius finissait de lire les pièces du procès quand Emmanuel le rejoignit dans la salle. Il semblait accablé. « C'est ignoble », dit-il.

– Oui, répondit Emmanuel. J'aurais dû te faire lire ça depuis longtemps déjà.

Salvius avait reposé les feuillets sur la table, avec une sorte de répulsion.

– Ses réponses aux juges sont d'un fou, dit-il. Vous aviez raison en cela. Pourtant il ne l'est pas, ou il ne l'est plus... A-t-il joué la folie devant le tribunal pour échapper au châtiment ?

Il posa un doigt sur la liasse de papiers :

– L'acte d'accusation est de Maître Fortier, dit-il. J'ignorais ce détail – et ce n'est PAS un détail. Je connais Maître Fortier. C'est l'homme le plus juste et le plus intègre qui ait jamais vécu. Il n'a pas pu écrire là un seul mot qui ne soit véridique, sa vie en eût-elle dépendu, ou celle de ses enfants. C'est lui qui a osé, souvenez-vous, refuser de signer les premiers ordres du régent concernant les évêques, il y a trois ans... Il prenait là un risque énorme. C'est un homme de fer et de lumière. S'il a écrit ceci c'est que tout y est vrai jusqu'à la moindre virgule.

– Je n'ai jamais douté de ces accusations, sourit Emmanuel. C'est toi qui doutais.

– Il écrit, à deux reprises : « Le dément affirme que... »

– J'ai remarqué.

– Il y a eu trois voix pour la mort. Dont la sienne. Il est étrange qu'il n'ait pas été suivi. Son autorité est grande.

– Mais le régent tenait au bracelet vert, et son autorité n'est pas négligeable non plus.

Salvius soupira. Il regardait les flammes danser dans la grande cheminée et ce qu'il y voyait semblait l'accabler.

– Tout ce sang, dit-il. Il est si jeune, et tout ce sang sur lui. Ces abominations qui n'ont même pas de nom... Comment est-ce possible ?

– Je ne sais pas, Salvius. Je sais seulement qu'il a commis ce crime. Ce crime-là, pas un autre.

– Ils écrivent là qu'il a fallu toute la garde du seigneur de Varielles pour le traîner hors de la pièce ; et qu'il a bien passé trois jours et trois nuits ligoté sur les remparts en attendant l'escorte du tribunal... Cela devait ressembler de très près à l'enfer.

– Sans doute.

– Il vient de délirer plusieurs nuits. Il m'appelait « Darcier » et voulait savoir si « Florimond » était mort. Il me l'a demandé cent fois. Je ne peux pas m'empêcher d'avoir pitié de lui, Seigneur. Je ne peux pas.

Emmanuel se revit donner de l'eau au prisonnier lié sur la claie, et ne répondit pas.

– Au fait, reprit Salvius, vous souvenez-vous qu'il était blessé à l'épaule quand il est arrivé ici cet hiver ? Une série d'estafilades ? J'ai revu la cicatrice en soignant son dos. C'est une marque.

– Comment ça, une marque ?

– On a dû dessiner cela sur son épaule avec la pointe d'un poignard. Une croix dans un triangle. Et rien de ce genre n'est prévu par l'arrêt des juges.

– Tu lui en as parlé ?

– Oui. Il m'a dit ne se souvenir de rien, sinon d'avoir été frappé. Mais ce n'est pas vraisemblable, le dessin est trop précis.

Ils réfléchirent ensemble à ce petit mystère, un instant. Mais en fait la chose avait peu d'importance. Emmanuel l'abandonna vite.

– Un bourreau de Systèle a pu s'amuser avec lui entre deux séances du tribunal... Je serais plus curieux de savoir pourquoi ce musicien n'est pas entré dans la cour avec la caravane, mercredi. C'était si facile. Et cela lui aurait évité tout ceci.

Salvius le regarda, soudain grave :

– Ne le refaites pas, Seigneur. Il a été très mal.

– Je le referai s'il ressort seul de l'enceinte, dit Emmanuel.

Il ajouta, pour réconforter son vieux maître dont le regard s'était assombri :

– Mais ne t'inquiète pas : je pense qu'il a compris la leçon.

*

Le Maudit menait depuis son arrivée une lutte acharnée contre son bracelet. Et elle commençait à porter ses fruits. Il criait encore : mais de plus en plus tard.

Ses cheveux étaient mi-longs, comme les portaient alors les hommes. Mais il ne les attachait jamais sur sa nuque. Quand la douleur le pliait en deux leur flot blond le cachait et l'isolait du monde. Que pouvait-on penser du monde, à dix-neuf ans, quand cette atroce souffrance s'abattait sur vous ?

Des accès plus légers qu'il avait plusieurs fois par jour il ne trahissait plus grand-chose. Sa pâleur et sa respiration un instant suspendue en étaient les seuls signes.

Pour le reste, il ne pouvait rien cacher. Il se contentait de retenir ses cris le plus longtemps possible, et s'il avait les bras libres de serrer son bracelet de sa main droite. Et de toute façon il se penchait en avant, comme pour se replier sur la douleur. L'effort qu'il faisait sur lui-même pour se taire était si violent qu'il semblait parfois se transmettre à ceux qui se trouvaient là : il arrivait à Emmanuel ou aux gardes de se crisper eux aussi et de retenir leur souffle, comme pour y participer.

Il cédait ensuite. Mais ce n'était maintenant que pour de longues plaintes sourdes. Il ne criait qu'à la fin.

Un matin de juin, sur les remparts, Emmanuel et Sainte-Luce le virent pour la première fois résister jusqu'au bout. Quand il se redressa enfin sa main saignait : il s'était mordu. On lui vit pendant quelques semaines ces marques sauvages au bord de la paume. Puis elles s'atténuèrent elles aussi. Dès lors il avait gagné : seuls des accès particulièrement longs pouvaient le faire crier – ou le second lorsqu'il y en avait deux assez proches.

Salvius essayait depuis longtemps de trouver des lois au fonctionnement du bracelet vert. Il n'y était pas parvenu et ne devait jamais le faire. Certains accès légers étaient très courts, d'autres plus longs ; et quelques-uns interminables. Ceux qui pliaient le Maudit sous la douleur pouvaient se faire attendre des jours entiers ou se succéder à quelques heures d'intervalle.

– Comment peut-il vivre avec cette peur au ventre ? demandait parfois Salvius. Comment ?

Le Maudit, que beaucoup commençaient à appeler simplement Oleg, vivait cependant. Et lorsqu'il faisait allusion à son bracelet, ce qui était rare, c'était toujours pour en plaisanter.

*

Il ne demandait jamais rien. Un jeudi matin pourtant, à l'heure de l'audience réservée aux solliciteurs, il prit place avec eux dans l'antichambre. Après avoir accordé quelques grâces et en avoir refusé quelques autres, Emmanuel le vit entrer.

Il attendit. Puis, comme rien ne venait, il le regarda avec un peu de surprise. Il se souvint alors que le Maudit ne pouvait pas lui parler le premier : à cause du lieu inhabituel de l'entrevue, il avait oublié ce détail.

– Pardon, dit-il. Que puis-je pour vous ?

Il était assis dans un très haut fauteuil placé sur une estrade. Pour lui parler dans cette salle-là il fallait lever les yeux. C'était sans doute pour cela qu'on la réservait à la réception des solliciteurs.

– Je voudrais que vous me permettiez d'accompagner une patrouille, dit le Maudit.

C'était une demande surprenante. Emmanuel resta silencieux quelques instants.

– Les patrouilles ne restent pas dans la cour, dit-il ensuite, elles franchissent le pont-levis et vous ne pouvez pas le faire sans moi... Est-ce que ce sujet n'a pas déjà été traité à la tour le mois dernier ?

Le Maudit rougit légèrement, puis reprit :

– Une patrouille dont vous seriez, Monseigneur. Vous les accompagnez quelquefois.

– Mais elles quittent les limites du fief et cela vous est interdit, avec ou sans moi.

– Je sais, Monseigneur. Je pensais rebrousser chemin juste avant vos bornes.

Emmanuel hésita. Les peuplades de la Pointe étaient en ébullition. La dernière patrouille n'était pas revenue au complet, et la vie du Maudit appartenait au régent. Il y avait très peu de risques qu'une escarmouche ait lieu sur les terres mêmes de Louvars. Mais si cela arrivait ?

– Si je vous y autorisais, dit-il, je devrais faire doubler vos gardes. D'abord pour votre sécurité, ensuite pour vous accompagner au retour. Et mes patrouilles ne comptent jamais plus de dix hommes.

Il pensa aussi que les patrouilleurs menaient un train d'enfer et que le Maudit ne le soutiendrait pas si son bracelet se mettait en marche. Mais cela il ne le dit pas.

– Refusé, conclut-il avec son laconisme habituel.

*

– Qu'avait-il en tête ? demanda-t-il plus tard à Salvius. Tu le sais, toi ?

– Non... Peut-être seulement sortir du château et voir à quoi ressemble cette partie de l'île ?

– C'est possible... Si je sors moi-même, je l'emmènerai.

L'occasion se présenta quelques jours plus tard, quand Emmanuel s'en fut à la rencontre du seigneur de Larvey – du côté sûr de son fief cette fois. Et le Maudit n'avait dû avoir que cela en tête : galoper sur la lande, tout simplement. De toute évidence il y prit un plaisir extrême. Et il montait très bien.

Emmanuel résistait mal, bien qu'il ne le sût pas, à cette joie d'enfant qui faisait parfois briller les yeux de son prisonnier. Il le pria donc quelques autres fois de l'accompagner ainsi. Puis il en prit l'habitude, sans même s'en apercevoir, et le Maudit fut bientôt de toutes les sorties du seigneur, dès lors qu'il ne s'agissait pas d'approcher les frontières barbares. Il avait la légèreté d'un elfe, sur un petit cheval noir extrêmement nerveux, qu'il affectionnait et dont Emmanuel voulut un jour lui faire cadeau.

– Vous êtes bien le seul à pouvoir vous aider de cette espèce de diable fou, dit-il. Acceptez-le, vous m'obligerez.

Le Maudit, gêné, hésita.

– Monseigneur... rappela-t-il, je ne peux rien posséder en propre.

– C'est vrai, dit Emmanuel. Excusez-moi. Je ne vous le donne donc pas. Disons que je vous l'attribue.

Le Maudit et son attribution soulevèrent bientôt l'admiration générale. C'était merveille de les voir ensemble, faisant parfaitement corps et rapides comme le vent.

– Il se rompra le cou, disait Salvius, si son bracelet se met de la partie... et cela peut arriver, non ?

Le Maudit eut cette malchance, un soir. Mais il mit simplement pied à terre, pour glisser à genoux près de sa bête et y souffrir en silence. Ce fut long. L'escorte entière s'était arrêtée. La scène avait quelque chose d'étrange et jamais le seigneur de Louvars ne devait oublier ces douze cavaliers immobiles attendant, sans un mot, que la justice du régent ait fini de passer. De temps à autre un cheval piaffait. Vers la fin quelques cris sourds montèrent de la forme sombre recroquevillée près du sol. Puis le Maudit se releva. Il resta quelques minutes appuyé au flanc du cheval, haletant. Il se remit en selle ensuite. Emmanuel vit avec surprise que l'escorte allait au pas, à ce nouveau départ, sans qu'aucun ordre n'ait été donné. On ne se remit à galoper, en fait, que lorsque le Maudit lui-même se fut de nouveau lancé en avant.

– Mes hommes l'aiment, dit Emmanuel à Salvius ce soir-là.

– Ses gens aussi, répondit Salvius. Et moi-même, Seigneur, tout le premier.

Une petite lueur malicieuse passa dans ses yeux. Emmanuel sourit.

– Je te l'accorde, dit-il. Est-ce sa jeunesse, est-ce son courage... il me touche souvent moi aussi.

– Il y a là quelque chose d'étrange, dit Salvius : le châtiment est si grand qu'il finit par faire oublier le crime.

Mais à cela le seigneur de Louvars, dont le cœur était droit, ne pouvait souscrire.

– Non, dit-il. Moi je ne l'oublie pas. Et je ne souhaite pas le faire.

*

Le criminel en tout cas faisait maintenant partie de la vie du château. « Messire Oleg », disaient les soldats, qui n'aimaient apparemment pas l'appeler « Maudit ». « Notre invité », osa glisser un soir Chevilliers...

Il était intelligent, fin et souvent drôle. D'une extrême fierté : ce devait être elle qui le poussait à respecter avec tant de scrupules les directives de son protocole, beaucoup plus que la prudence. Il y avait en lui quelque chose de désespéré, oui. Mais il pouvait aussi être très gai. Et il avait un rire d'enfant, plein d'insouciance et de malice.

Il était toujours vêtu très simplement. Des chausses blanches ou grises, une veste de drap noir. De la dentelle au col et aux manchettes de sa chemise, parce que aucun noble ne pouvait s'en dispenser. Mais des sandales comme un nomade. Pas d'arme, bien sûr, et pas d'autre bijou que son collier d'or. Sa vêture était bien plutôt celle d'un étudiant que celle d'un noble. Sur ses gilets et ses écharpes de taille les brodeuses auraient volontiers confectionné des chefs-d'œuvre, mais s'il les laissait dérouler sur la soie de délicates volutes il les cantonnait fermement à des teintes sourdes et discrètes.

Mince et grand, il était très beau. Sous les cheveux d'or son visage offrait un séduisant alliage de force et de douceur. Et aucune servante ne résistait à son sourire.

– Les interroges-tu toujours ? demanda un soir Emmanuel à Salvius.

– Non, plaisanta celui-ci. Mes journées n'y suffiraient pas...

Dans les trois pièces que le prisonnier occupait au dernier étage le confort était resté très rudimentaire. Il se tenait en général dans la première, peu meublée, mais assez vaste, dont les deux fenêtres ouvraient sur la mer. Les dalles étaient nues et les murs sombres. Suivait une petite chambre dont Emmanuel ne franchit que deux ou trois fois le seuil, et qui ressemblait à celle d'un novice : une paillasse de fougères, tendue de lin et couverte de peaux, enclose dans un bâti de chêne ; un coffre pour les habits ; rien d'autre. La dernière pièce était dévolue à ce qu'on appelait alors, pudiquement, le « service des corps ». Encombrée de bassines et d'un baquet de bois, elle donnait sur une minuscule terrasse de quelques pieds de large.

Ses gens auraient bien voulu agrémenter ces appartements, accrocher quelques tapisseries aux murs, poser des tapis. Mais il n'y consentit jamais.

Il écrivait beaucoup. Pour Salvius bien sûr, qui l'accablait de travail. Pour lui aussi, et toujours en velte, des pages et des pages qu'il brûlait sitôt écrites. Emmanuel le vit faire un soir et s'étonna de la minutie avec laquelle il retournait sur les braises, du bout des pincettes, quelques lambeaux de papier rescapés. Écrivait-il là ce dont il ne pouvait parler – le récit de cette nuit où sa vie avait basculé dans le crime et l'horreur ?

En tout cas, quand les vassaux de Louvars se présentaient au château, il semblait presque être l'un d'eux désormais : il participait aux conversations, pour peu qu'on lui ait d'abord adressé la parole, et il y tenait fort bien sa partie. Il se révéla à peu près imbattable au jeu de triadelle. On découvrit aussi qu'il était un redoutable escrimeur, un soir où il avait parlé d'une passe inconnue et avait été mis au défi d'en faire la démonstration. Le vicomte d'Ulmes lui prêta son arme et la virtuosité dont il fit preuve sidéra tous les assistants. En cela du moins il avait été formé avec soin.

Emmanuel voulut en découdre avec lui, ce soir-là. Mais dans cette société si fortement hiérarchisée, croiser le fer avec un seigneur n'était pas un geste anodin. Il fallait d'abord mettre un genou en terre devant lui et lui tendre votre épée ; il la prenait et vous la redonnait lui-même, ôtant ainsi à la rencontre son caractère vaguement sacrilège. Le Maudit semblait connaître ce rite et s'y soumit. Quand ce fut fait il désarma Emmanuel en quelques minutes.

– Peste, dit celui-ci. Comment avez-vous fait ça ?

Le Maudit riait de bon cœur et se refusa absolument à se défaire de ce secret-là. Ses rapports avec les vassaux de Louvars étaient maintenant si libres que Louis d'Ixelles put dire, plaisamment :

– Faites-le torturer, Seigneur... ça en vaut la peine.

Le Maudit se tourna vers lui, l'épée haute :

– Voilà une très mauvaise idée, Messire, et qui vient d'une âme bien noire... Voulez-vous que je vous embroche pour votre peine ?

Depuis qu'il participait aux soirées de Louvars, en fait, elles étaient beaucoup plus gaies. Sa fantaisie et son esprit de repartie déclenchaient souvent des éclats de rire. « Par Dieu, déclara une fois Chevilliers, je ne sais pas pourquoi il a fait ce qu'il a fait... mais c'est un bon compagnon, Seigneur ! »

*

Lui surtout s'était attaché au prisonnier, au point qu'Emmanuel les surprit un jour, ces deux très jeunes gens, jouant aux quilles dans un couloir : ils avaient abusé du vin de noyer et firent les fous tout l'après-midi.

Ils entreprirent aussi, un soir, d'avancer l'aiguille de la vieille horloge velte qui réglait à Louvars la course du temps et sur laquelle on alignait les autres pendules du château. Tout s'en trouva bouleversé. Emmanuel en rit, d'abord. Puis il convoqua les coupables et les tança comme des enfants. « Mais quel âge avez-vous ? » demanda-t-il sévèrement.

Le Maudit se garda bien de répondre mais Chevilliers glissa, espiègle :

– Justement, Seigneur, nous voulions nous vieillir d'une heure...

Il ajouta, généreusement :

– C'était mon idée, pas celle d'Oleg.

Emmanuel en doutait et eut un petit sourire. Pour donner une leçon au menteur il déclara, très sérieusement :

– Vous resterez chez vous demain, Alexis, pour réfléchir à vos gamineries. Et vous, Messire, trente coups.

Effrayé, Chevilliers pâlit :

– Non, dit-il. S'il vous plaît, Seigneur, non... c'était mon idée. Oh non, je vous en prie, ne faites pas ça...

Il comprit alors qu'on se moquait de lui, et rougit. Emmanuel et le Maudit se mirent à rire, ensemble.

– Ce n'est pas drôle, dit Chevilliers.

Il vit le seigneur froncer le sourcil et se tut, prudemment.

– Vous resterez tous les deux chez vous demain, dit Emmanuel. Et je vous prierai de ne plus toucher à cette horloge.

Ils n'y touchèrent plus. Mais ils continuèrent à passer beaucoup de temps ensemble. La part d'enfance qui restait en chacun d'eux les liait sûrement.

Ulmes et Ixelles, qui avaient une trentaine d'années, et surtout Faulves et Ryves, beaucoup plus âgés, considéraient les choses avec plus de mesure.

Mais eux aussi appréciaient la drôlerie du prisonnier, et son courage.

Il arriva un soir à Emmanuel d'appeler le Maudit, à son tour, « Oleg ». Il vit Salvius sourire, de son recoin de fenêtre, et sourit lui aussi. Dès lors c'en était fait : il accepta ces liens si particuliers qui s'étaient tissés à son insu entre son prisonnier et lui. Avaient-ils la moindre importance, d'ailleurs ? Le Maudit était si loin de lui, si peu de chose, et si complètement en son pouvoir...

Cela ne changeait rien à leurs rapports officiels. Emmanuel restait le seigneur de Louvars et Oleg un condamné maudit par la justice des hommes. À la moindre faute Emmanuel renverrait son prisonnier à la tour, ils n'en doutaient ni l'un ni l'autre, et jamais il n'avancerait l'heure d'enlever le bracelet vert ni ne retarderait celle de le remettre. Mais tout lien a sa blessure. De celle-ci ils ne parlèrent jamais.

*

Les vassaux d'Emmanuel ne venaient pas tous les soirs. Il était seul bien souvent et travaillait alors dans son bureau privé. Il apposait son sceau au bas des décisions de justice, vérifiait les comptes du fief, donnait ses audiences et surtout s'absorbait dans son grand œuvre, cette carte de la pointe de l'île qu'il essayait d'établir depuis des années. Ses patrouilles ne faisaient pas que surveiller les barbares : elles relevaient aussi les moindres accidents de terrain, notaient les courbes des fleuves et rapportaient des échantillons de la flore. Un bon tiers de la Pointe était maintenant connu.

Ces soirs-là il arrivait parfois au Maudit d'abaisser sa garde. La fatigue et le silence avaient raison de lui : il s'adossait au mur et fermait les yeux. Les plaisanteries de Chevilliers disparaissaient, et les quilles roulant dans un couloir à grand fracas... À quoi pensait le Maudit, immobile et las, pour qu'une telle ombre soudain l'enveloppe ? À son crime ? À son avenir ? À ce Florimond dont il s'était tant soucié pendant son délire ? Emmanuel jetait un regard rapide sur ce visage pour un instant sans masque, et ne disait rien. Le Maudit mettait toute sa fierté à porter son fardeau seul, il le savait.

*

Il le conduisit dans l'île aux Oiseaux en juillet.

Ils laissèrent leur escorte sur la lande, à l'entrée du passage découvert par la marée basse, et abordèrent l'île seuls pour déranger le moins possible le peuple ailé. Coupé du monde pour au moins quatre heures, Emmanuel vécut là le seul temps d'enfance que devait lui accorder la vie. Il avait grandi sans mère et sans compagnon, sous le regard sévère d'un père redoutable, et s'était trouvé très jeune responsable du plus grand fief de Systèle : mais il était sur une plage, pour l'heure, sans aucune charge à soutenir, sans aucune décision à prendre, et le Maudit riait sous ses cheveux clairs...

Il savait rire, lui, lancer des galets plats dans la mer pour faire des ricochets et soudain disparaître – « Ho ! Ici ! »

Dans un cercle de blocs de granit il avait découvert une sorte de vasière, et la fouillait avec un long bâton rongé par le sel. Emmanuel se pencha, se pencha trop... il rata de peu la main que le Maudit lui tendait, sentit céder sous ses doigts les broussailles qu'il avait agrippées – et tout puissant seigneur de Louvars qu'il fût il fit un beau plongeon dans la vase.

Il en émergea sous une carapace brune assez nauséabonde : spectacle qui donna aussitôt le fou rire à son compagnon. Pendant quelques instants ils se firent face, le jeune dieu hilare et blond sur son rocher, la créature informe et boueuse plus bas. Puis Emmanuel se lança en avant, attrapa les chevilles du moqueur, et tira d'un coup sec. Ils replongèrent tous les deux dans la vase et s'y battirent comme des enfants. Emmanuel était fort, mais le Maudit souple comme une anguille : le combat fut longtemps indécis. Oleg enfin demanda grâce, juste avant d'étouffer pour de bon.

Ils se baignèrent ensuite dans une petite crique pour se débarrasser de la vase. Étale, la mer chantait doucement sur les galets. Et personne n'avait jamais pris la peine de dire à Emmanuel qu'il pouvait suffire de vivre, et seulement cela : contempler la gloire de l'été sur un îlot désert et sentir sur sa peau la caresse des vagues. Ces choses-là ne s'apprennent pas aux seigneurs. Elles appartiennent par droit de naissance aux nomades, aux pauvres et aux exclus :

au Maudit par exemple, qui jouait à faire des roulades sous l'eau pure...

– Et vos nids ? dit Emmanuel.

Ils remontèrent la plage les bras étendus, pour que le soleil et le vent sèchent plus vite leurs habits. En foulant les premiers oyats Emmanuel se vit seul et se retourna. Oleg était tombé à genoux un peu plus bas et se recroquevillait sur lui-même. L'irruption de la souffrance dans cette claire matinée, si légère et si gaie, atteignit Emmanuel au cœur. À cet instant précis il prit vraiment conscience qu'il aimait le Maudit comme un frère – ce réprouvé, ce criminel, oui...

Il attendit. Oleg baissait la tête, à dix pas de lui, et souffrait en silence derrière le rideau de ses cheveux blonds, déjà presque secs, que le vent soulevait par instants. Une plainte sourde lui échappa une fois et il se pencha plus encore.

Emmanuel s'assit sur le sable et se mit à en faire couler les grains dorés entre ses doigts, le cœur serré. Il y eut quelques cris, ce qui était assez rare maintenant. Puis le Maudit se tut. Il tremblait, comme chaque fois. Il avait levé la tête et regardait la mer. Son visage était pâle et creusé.

– Mes nids... dit-il un peu plus tard.

Sa voix tremblait aussi. Emmanuel alla jusqu'à lui et lui tendit la main pour l'aider à se relever.

– C'est une sacrée saleté, dit-il.

– Oui, répondit simplement Oleg.

Sa gaieté revenait, en même temps que la couleur à ses joues.

– Nous devrions faire un roulement, dit-il. Une semaine vous, une semaine moi. Que je souffle un peu.

– Je ne suis absolument pas tenté, sourit Emmanuel. Gardez vos saletés et je garderai les miennes.

– Vous en avez ?

– Bien sûr que j'en ai.

– Je sais : Rilor.

– Entre autres. Et vous, un peu.

Ils mirent une bonne heure à trouver, au nord de l'îlot, la plage dont parlaient les textes veltes. Elle était couverte de nids. Il y en avait partout : dans les amoncellements de galets au-dessus de la ligne des flots, et dans la moindre anfractuosité des falaises. Pour la plupart ils n'étaient plus occupés : mais les oiseaux ne s'en étaient pas encore éloignés. Ils étaient des milliers...

Les visiteurs ne s'approchèrent pas, pour ne pas faire s'envoler cette multitude neigeuse et caquetante. Ils s'assirent. Le Maudit, fasciné, les bras serrés autour de ses genoux, contempla longtemps le mouvant paysage, sans prononcer un seul mot.

Ils retrouvèrent l'escorte de l'autre côté de la mer, lorsque le passage fut de nouveau à découvert. Et le seigneur de Louvars reprit son fardeau.

(Tu sais comment il est mort, n'est-ce pas ? Mais si, tu le sais, je te l'ai dit cent fois... Eh bien ces mots qu'il a prononcés alors, et qui n'ont retenu l'attention de personne, pas même de ses fils : « Les oiseaux... » je suis sûre que c'était cela. Ces oiseaux-là. Dans cette île de sa jeunesse.)

*

Une grande expédition eut lieu à la pointe de l'île, en août. Sans succès. Les peuplades barbares, que l'on disait unies maintenant sous l'autorité de ce mystérieux Rilor, semblaient avoir disparu dans les replis de leurs collines. Les vassaux d'Emmanuel s'en réjouirent. Pas lui.

– Dans trois mois, dit-il à Salvius, l'hiver nous coupera du reste de Systèle. Si j'étais ce Rilor je me serais refusé à une bataille en août, comme il l'a fait, pour attaquer en novembre le fief de Larvey ou le mien. Et c'est ce qu'il fera, Salvius.

Il vit briller les yeux du Maudit, qui venait de prendre sa faction du soir, et lui sourit :

– Vous rêvez de batailles, Messire ?

– Oui, dit le Maudit.

– C'est de votre âge...

De Rilor on commençait à savoir quelques petites choses, par les paysans de la frontière. Il était jeune – roux – et il avait juré d'enfermer le seigneur de Louvars, qu'il semblait haïr démesurément, dans la cage de fer où tant de ses frères avaient agonisé.

– Ce serait une belle mort, dit Emmanuel ce soir-là. Et je la lui réserve moi aussi.

Le Maudit, juste en face de lui, tira soudain sur ses liens, d'une saccade nerveuse, puis serra les dents. Emmanuel et Salvius attendirent, un peu crispés. Ils commençaient à bien connaître le bracelet vert, eux aussi. Trois secondes, dix secondes, Oleg ne s'était toujours pas penché en avant... Ce n'était qu'un accès léger.

– Larvey a cent vingt hommes, dit Salvius, et nous trois cents : ils attaqueront Larvey.

– Mais ce n'est pas si simple... dit le Maudit.

La douleur l'avait fait pâlir, comme toujours. Et sa voix tremblait un peu. Il répéta. Et il demanda ensuite, plus clairement :

– Est-ce que le château de Larvey est aussi bien fortifié que Louvars ?

– Non, dit Emmanuel, et de loin.

– Alors il ne peut pas leur être très utile, une fois pillé. Vos troupes ou celles du régent les en délogeraient vite. Ici, reliés à leurs arrières, ils peuvent tenir très longtemps au contraire. S'ils sont vraiment unis, Seigneur, et si Rilor a le moindre bon sens, ils ne peuvent vouloir que Louvars. Et toute attaque ailleurs sera une diversion. Forcément. Si j'étais lui... si j'étais lui je lancerais une petite troupe sur Larvey – où vous vous porteriez bien sûr – et le gros de mes forces ici dès que vous seriez là-bas.

– Peut-être, dit Emmanuel, peut-être... il est vrai qu'une fois installés ici ils pourraient y rester longtemps...

Il rit, soudain :

– Aurai-je un jour à faire le siège de mon propre château ?

– Si vous n'en faites jamais sortir vos troupes, dit Oleg, non. Mais c'est bien ce que Rilor va essayer d'obtenir de vous.

Emmanuel et Salvius le regardaient, surpris.

– Ils n'oseraient pas, dit Salvius. Ces tribus tentent des razzias depuis toujours, et s'attaquent aux fermes... mais de là à investir un château de Systèle, non !

– Combien sont-ils ?

– Personne ne l'a jamais su.

– Eh bien, dit le Maudit, pariez qu'ils sont beaucoup et que Rilor veut Louvars : vous ne risquez rien à vous tromper.

– Tout ça est très juste, reconnut Emmanuel.

Le Maudit regardait la carte de Systèle, depuis peu accrochée contre le mur du fond.

– Si le régent faisait monter son armée, dit-il, tout serait réglé en trois mois.

– Il ne le fera pas.

– Mais c'est stupide... La sécurité de Systèle dépend de ces deux fiefs du Nord et Systèle tout entière devrait les défendre.

– Peut-être, mais les lois du royaume n'en disposent pas ainsi.

– Alors il faut les changer. Et vite.

Emmanuel et Salvius se mirent à rire. Un peu confus, le Maudit rougit légèrement.

– Excusez-moi, dit-il.

– Mais pas du tout, sourit Emmanuel. Vos idées sont généreuses. Malheureusement elles ont dix-neuf ans, comme vous.

Salvius les quitta là, pour aller guetter ses astres. Et dans le couloir il riait encore.

– De toute façon, dit Oleg, le roi de Systèle a toujours été une idée en l'air. À quoi sert-il ? Il n'a que des droits et pas de devoirs... Vous ne devriez pas être son vassal.

– Je ne le suis pas non plus.

– Mais si, vous l'êtes, d'une certaine façon... Il vous a envoyé un prisonnier embarrassant à garder, par exemple : avez-vous pensé à refuser ?

– Non...

– Pourquoi ?

– Eh bien... C'est le roi, non ? En tout cas le régent, qui le représente.

Oleg éclata de rire, moqueur :

– Vous êtes son vassal, Monseigneur. « C'est le roi » : vous êtes son vassal. Le vassal d'une idée en l'air.

– Peste, tout ça sent le soufre... Teniez-vous ce genre de propos au seigneur de Varielles ?

– Non, sourit Oleg. Ou peut-être oui. Comment pourrais-je le savoir, Seigneur ? Je n'ai pas de passé, c'est écrit dans l'acte.

Emmanuel, pour une fois, put marquer un point :

– J'ai grand peur que vous ne soyez furieusement le vassal de votre protocole de garde. N'est-il pas une idée en l'air, lui ?

– Pas en l'air, répliqua Oleg. Solidement arrimée à mon poignet au contraire. Et à trente coups de fouet l'erreur je préfère rester vigilant.

Emmanuel le revit debout sur l'estrade de la tour, trois mois auparavant, levant les mains vers les anneaux. Sa méfiance l'avait quitté cette nuit-là et c'était après qu'il s'était si bien mêlé à la vie de Louvars... Pourquoi ?

– Ma tour a toujours eu mauvaise réputation, dit-il.

– Elle la mérite. Et qui a inventé ces anneaux diaboliques ?

– Othon IV. Un de mes ancêtres.

– Sinistre personnage, si je puis me permettre... et pourri d'orgueil.

– Pourquoi ?

– Mais parce qu'il a feint de laisser un semblant de libre arbitre aux mouches prises dans sa toile... « Si tu lâches mes chaînes, petite mouche, tu souffriras davantage, c'est à toi de voir... Je te traite en homme libre et responsable, ce que je suis moi-même au plus haut degré, Othon IV qui te regarde... » Est-ce que vous assistez toujours aux réjouissances, Seigneur ?

– Au-delà de vingt coups, oui. C'est l'usage.

– Beaucoup de seigneurs du Sud s'en dispensent.

– Eh bien, ils ont tort.

Le Maudit lui lança un regard amusé :

– Je vous connaissais encore très mal ce soir-là. Vous étiez assez effrayant, assis là, avec votre cape... On avait presque l'impression que vous alliez vous saisir vous-même du fouet si votre bourreau ne frappait pas assez fort. Sérieusement, Monseigneur, vous étiez beaucoup plus inquiétant que lui... Et je vous prenais encore pour une sorte de monstre.

– C'est vrai ?

– Bien sûr que c'est vrai. Il y avait cinq mois, dans mon esprit, que vous vous amusiez avec moi comme un chat avec une souris, attendant de pouvoir me prendre en faute... Ce soir-là c'était fait. Enfin. Vous vous léchiez les babines. Vous me regardiez et vous guettiez avec délectation un signe de peur...

Stupéfait, Emmanuel se mit à rire.

– Comme c'est surprenant, dit-il, l'envers des choses !

– Mais il y a tant d'envers, sourit Oleg. Un par regard. Et puis où est l'envers d'une spirale ? Vous le savez, vous ? Les seigneurs du Nord sont considérés partout ailleurs comme vaguement barbares eux-mêmes. Vous surtout. On vous dit – excusez-moi – dur et cruel, orgueilleux, implacable... Il n'était pas surprenant du tout que je vous prenne pour un autre Othon IV.

– Je ne vous avais pas mal traité, pourtant.

– Non, et cela me paraissait plus inquiétant que tout le reste, étant donné ce que je savais de vous. Vous raffiniez, vous faisiez durer le plaisir de la chasse... Un coup de patte bien douce, un coup de griffe, en attendant le coup de dent... Et par exemple vous n'aviez même pas daigné me dire ce qui m'attendait ce soir-là. Votre bourreau étalait ses fouets sur un banc, ce qui était une attention d'une grande délicatesse... Dix coups du premier et dix coups du deuxième, c'est partout pareil, mais combien du troisième ? C'est le petit aide roux qui m'a renseigné, en attachant mes chevilles. Il a chuchoté : « Trente. » Et aussi : « Ne lâchez pas les chaînes, les anneaux coupent. » Mais cela je le savais déjà. Vos anneaux sont célèbres.

Il sourit, moqueur :

– Cet Othon IV devait être extrêmement antipathique. Si je le croise en enfer, où j'irai bien sûr, et où je suis sûr qu'il est déjà, je lui ferai quelques commentaires sur ses trouvailles.

– Avant lui la devise des Louvars était : « Va ». Il en a fait : « Viens si l'oses ». Je crois que cela s'adressait à son roi. Foulques VII. Celui qui avait tant et tant de maîtresses, vous savez ?

– Et il est venu ?

– Non, sourit Emmanuel. C'était un roi sage, il ignorait les défis aussi longtemps qu'il pouvait le faire sans déshonneur. Othon IV en a été pour ses frais de murailles et de devise. Mais si je comprends bien vous me confondiez plus ou moins avec lui ?

– Jusqu'à ce soir-là, oui, tout à fait.

– Est-ce que ce sont mes fouets, par hasard, qui vous auraient fait changer d'avis ? Ce serait assez paradoxal...

– Non, dit Oleg. Ils n'ont rien de spécial. Ce sont des fouets dignes de ce nom et le troisième est digne des anneaux. C'est après... L'histoire vous intéresse ?

– Mais je pense bien.

– Quand on m'a détaché j'ai plus ou moins perdu conscience, mais je vous ai quand même vu près de l'estrade. Vous étiez dans une sorte de brouillard doré, l'air encore plus menaçant qu'au début. Après j'ai rêvé, longtemps, des siècles. Et puis on m'a transporté ailleurs et votre claie m'a tout à fait réveillé. J'ai demandé à boire, bêtement : on m'a dit qu'aucun prisonnier ne buvait jamais à la tour.

J'avais un voisin, au début de la nuit. Il devait être là depuis très longtemps et n'arrêtait pas de crier. Un peu avant minuit ils l'ont emmené. Tout est devenu très silencieux. Je rêvais d'eau... Vous êtes venu là, je crois. Ou bien le matin.

– C'était avant l'aube.

– Je vous connaissais si peu. Veniez-vous contrôler qu'on avait bien exécuté vos ordres, vous réjouir du spectacle ou vous assurer que je n'en mourrais pas – que la souris pourrait servir encore ? J'ai cru comprendre vos raisons quand vous m'avez parlé du musicien de la caravane : évidemment, j'étais plus facile à interroger sur une claie qu'à côté.

– Ce n'est pas l'impression que j'ai eue, sourit Emmanuel. Vous avez été d'une rare insolence.

– Vous m'avez donné de l'eau.

– Je m'en souviens.

– C'était très étrange. Je vivais depuis des mois au fond d'un trou, dans un monde qui était devenu fou – rien d'humain nulle part, et pas une issue – j'en suis sorti là, parce que j'ai compris là qui vous étiez. Tout était si contradictoire... Je vous avais vu gracier un petit braconnier, mais condamner un barbare à une mort affreuse. Vous me traitiez avec courtoisie mais vous vous amusiez beaucoup de mon bracelet, j'en étais sûr, et votre façon de me faire asseoir, après, pour bien marquer que rien ne vous avait échappé, me paraissait la pire des insultes. De tous les fous qui m'entouraient vous étiez le plus retors, le plus incompréhensible et le plus dangereux. Et voyez comme je vous connaissais bien : cette nuit-là j'ai cru que vous jouiez avec l'eau du baquet et que vous en mettiez quelques gouttes sur mes lèvres uniquement par cruauté. Une cruauté bien dans votre manière, méprisante et subtile. Et puis vous êtes allé remplir ce gobelet. C'était une sorte de clé pour déchiffrer un message codé, j'ai pu lire... J'ai compris le barbare et le braconnier, les chaises que vous m'offriez et votre regard sur moi. J'ai compris beaucoup de choses. Et surtout qu'il existait encore des hommes parmi les fous.

Il se tut, avant de reprendre, léger :

– C'était une bonne nouvelle. Une très bonne nouvelle. Si vous me renvoyez à la tour un jour, redescendez : je ferai peut-être d'autres découvertes.

Emmanuel n'avait pas oublié l'étrange clarté qu'il avait vue sur le visage du Maudit, cette nuit-là, ni l'insistance surprenante de son regard. Ainsi, c'était cela... Mais comment pouvait-il parler de folie, lui qui avait agi en dément ?

– J'espère n'avoir jamais à vous renvoyer à la tour.

– Ah, sourit Oleg, ce n'est pas sûr. Les prisonniers ont une histoire secrète et souterraine – de temps à autre un pic émerge – et tout se ré-enterre ensuite, jusqu'au prochain pic... Qui vous dit que je ne serai pas, demain, à dix lieues d'ici ?

– Vous songeriez vraiment à tenter cela ?

– Seigneur-Dieu, surtout pas ! Et le peuple ? Ma vie ne vaudrait pas trois sols en dehors de vos bornes... Le dimanche, évidemment, je n'ai pas de bracelet. Sans bracelet, plus de Maudit à dépecer.

Mais la garde de la herse est doublée le dimanche. C'est depuis mon arrivée, je suppose ?

– En effet.

Oleg se mit à rire, de ce rire d'enfant qu'il avait, si clair :

– Vous êtes quand même le chat, Seigneur, que cela vous amuse ou non... Mais vous avez de la chance : on vous a attribué une souris déterminée à rester à portée de vos griffes.

« Mon frère, pensa Emmanuel. Tant de jeunesse, tant de courage, et toutes ces portes fermées devant lui jusqu'à la mort... »

Oleg avait reculé, pour s'adosser au mur. Il lui arrivait très souvent maintenant de tricher ainsi, comme s'il lui était devenu pénible de rester debout deux heures.

– Et pour en revenir au roi de Systèle dont nous étions partis, dit-il, à quoi sert-il, pouvez-vous me le dire ? À empêcher les seigneurs de se battre entre eux pour occuper la place, comme ils le feraient certainement si elle était libre, oui... Mais à quoi d'autre ? Il y a des siècles que la fièvre ravage le centre de l'île au printemps, par exemple, et pas un roi n'a eu le courage de faire assécher les marais, alors qu'eux seuls l'auraient pu. Ils ne servent à rien, Seigneur. Et un roi inutile est une sorte de monstre.

– Il a trois mille hommes.

– Et alors ? Il a trois mille hommes parce qu'il est riche et il est riche parce que les mines se trouvent sur ses terres. De plus il a près de cent vassaux et la route est à lui. Mais lui êtes-vous soumis seulement parce que ses troupes pourraient réduire Louvars ?

– Non...

– Pourquoi, alors ?

– Eh bien... Il fait partie de l'ordre du monde.

– Jolie réponse, sourit Oleg. Je m'incline. Mais elle n'honore que vous : lui ne la mérite guère, s'il ne doit jamais faire monter ses trois mille hommes pour pacifier la Pointe.

Il se mit à rire :

– Jusqu'ici, je reconnais qu'il ne le pouvait pas. Il les avait employés à la chasse à l'enfant. Mais les voilà libres depuis janvier, dirait-on...

– C'est à chaque seigneur de défendre son fief.

– Contre une bande de brigands ou les ambitions du seigneur voisin, oui, je comprends bien. Mais Louvars et Larvey sont dans une situation très particulière. Si j'étais le régent...

Il s'arrêta, pour préciser :

– Notez que je ne le suis pas.

– Je note. Et que feriez-vous ?

– Je commencerais par gracier ce pauvre Maudit. C'est le plus urgent.

– Et ensuite ?

– J'alignerais mes trois mille hommes – plus, beaucoup plus, parce que j'en exigerais cent de chaque fief – et je les conduirais jusqu'à l'extrême pointe de la Pointe. J'offrirais ce nouveau fief à Rilor.

– À Rilor ?

– Et pourquoi pas ? C'est sa terre aussi... Ce serait un fief un peu particulier pendant quelques générations, mais il finirait par s'aligner sur les autres.

D'autant que je prolongerais la route jusque là-bas. C'est la route qui tient Systèle unie : je la paverais de mes mains s'il le faut mais elle atteindrait la mer.

– Vous auriez fait un bon régent, sourit Emmanuel. Malheureusement l'ordre du monde semble en avoir décidé autrement...

III

À la fin de septembre, juste avant que le flot des caravanes ne se tarisse et que l'hiver ne s'abatte sur le Nord, on revit le comte de Ryvat. Emmanuel réunit ses vassaux pour honorer son hôte et tenta de l'interroger sur le retrait des troupes royales de Brénilis, neuf mois auparavant. Il n'eut aucun succès. En bon courtisan, Ryvat ne savait rien :

– Un assaut contre le Grand Couvent, oui, on en a parlé... mais le Grand Couvent est lieu sacré, vous le savez, Seigneur, et jamais le régent... Il voulait seulement rencontrer le prince, ce que les évêques lui refusaient, pour le convaincre de vivre à la Cour... tenter de le convaincre... ou s'assurer au moins que rester à Brénilis était bien son libre souhait... Il s'est trouvé que...

Il se tourna vers le Maudit, debout dans l'embrasure d'une fenêtre, une coupe de vin de noyer à la main, et s'adressa précipitamment à lui pour se sortir de ce mauvais pas :

– Vous souvenez-vous du couvent où nous avions fait halte l'hiver dernier ? Celui d'Agathange ?

– Oui, Messire.

– J'y suis repassé au retour, après vous avoir conduit ici. Les Saints-Évêques s'y trouvaient encore.

– Et vous y avez revu le prince, dit Louis d'Ixelles sans pitié. Vous l'avez dit au sire de Vitré.

– Mais oui, et plus longuement qu'à l'aller. Un enfant blond, avec les yeux très bleus de sa mère. Des yeux surprenants, vraiment. Malheureusement...

Il s'arrêta. « La chose vient d'être annoncée à la Cour par les évêques, souffla-t-il. Il y a six jours à peine. Certainement un avis officiel vous en parviendra, mais je pense que je peux... devancer, oui... »

Là-dessus il reprit haleine, et se lança :

– Le prince est mort de la fièvre le mois dernier.

L'énormité du mensonge fit rougir Emmanuel. Le régent méprisait-il à ce point ses pairs, pour n'avoir pas cherché une version officielle plus plausible ?

– Je n'en crois rien, dit-il.

Ryvat le regarda, malheureux.

– Seigneur, les évêques eux-mêmes reconnaissent le fait... déplorable, certes, mais les voies de Dieu... en août, huit mois après son entrevue avec le régent, le prince, hélas... alors que le régent lui avait permis de rester à Brénilis, vous le savez... cette fièvre... ces fièvres du marais...

– Messire, ce que vous essayez de nous dire trouvera peut-être au Centre et au Sud meilleur accueil. Mais au Nord nous sommes encore un peu rudes et je ne crois pas que le prince soit mort de la fièvre. Ni de la fièvre, ni en août.

Pour éloigner l'orage Louis d'Ixelles demanda, machinalement :

– Quel âge avait-il exactement ? On ne l'a jamais vraiment su...

– Treize ans, dit le comte.

– Forcément plus ! s'exclama Ryves. Parce que si la feue reine était grosse lors de la célébration des Sources il faut bien admettre que...

Il s'arrêta, conscient de l'inanité du sujet. « Comme c'est étrange, dit-il. La dynastie dont sortait cet enfant remonte à la nuit des temps. Les siens ont tenu Systèle des siècles et des siècles. Et lui... »

Dans le silence qui suivit Emmanuel leva son verre en direction de son invité et jeta, féroce :

– Le prince est mort, Ryvat... Vive le régent !

Écarlate, Ryvat se tourna de nouveau vers le Maudit :

– Le Seigneur-Évêque se souvient de vous, Messire. Il vous avait confessé... Je l'ai vu en traversant Cassage, le mois dernier.

– Je me souviens aussi de lui, dit Oleg.

La porte s'ouvrit sur un garde : il était neuf heures. Oleg posa son verre sur un meuble et mit ses bras derrière son dos. Ryvat regarda l'homme lui attacher les poignets. Et il rougit, peut-être parce que ce garde-là, l'un des préposés à la tour, officiait avec une certaine brutalité. Cela aussi était rude pour un homme de cour...

Il resta deux jours à Louvars. On lui fit la grâce de ne plus aborder le sujet brûlant. Mais sa présence, malgré tout, gênait. Les langues s'étaient déliées en neuf mois : on savait maintenant que l'assaut du Grand Couvent avait été un carnage. Innocent, mais vassal du régent, le comte de Ryvat transportait avec lui comme une odeur de crime. On le vit repartir avec soulagement.

*

Deux jours après son départ le capitaine de la herse vint interrompre le repas d'Emmanuel :

– C'est le Maudit, Seigneur... Il a passé le pont.

Alexis de Chevilliers, qui dînait à Louvars, se tourna vers le fond de la salle en même temps qu'Emmanuel :

– Mais il était là à l'instant, il lisait...

Le livre était encore sur la petite table.

– On l'a rattrapé sur le pont, dit le capitaine.

– Tu ne mets donc que des incapables à la herse ? demanda Emmanuel. Comment a-t-il fait, cette fois ?

– Il était dans la charrette d'un fermier, Seigneur.

Emmanuel n'hésitait pas. Mais son cœur était lourd.

– Bien, dit-il. Dix pour toi. Pour lui, vingt. Tout de suite, et qu'il ressorte après.

Quand le capitaine eut disparu Alexis se tut longtemps, son honnête visage un peu sombre.

– Mais que pouvait-il espérer ? dit-il enfin. Fuir ?

– Non, dit Emmanuel. Où pourrait-il aller avec son bracelet ? Je suppose qu'il reçoit des messages des siens, ou qu'il en envoie. En tout cas il essaie.

– Il est presque neuf heures... Est-ce qu'on le conduira ici après ?

– S'il tient debout, oui.

Alexis s'était remis à manger, mal à l'aise. Il avait le cœur bon, mais simple, et la sévérité de son seigneur l'effrayait. « Je croyais qu'il avait une sorte d'amitié pour lui... », pensa-t-il.

– Vingt coups, dit-il, c'est beaucoup.

– Non, répondit Emmanuel. Tentative, vingt. S'il avait dépassé le pont ç'aurait été trente, et un tour de claie. Je pense qu'il le sait.

– Mais pourquoi doit-il revenir ici après ?

Emmanuel lui lança un regard sévère :

– Alexis, dit-il, je ne vais pas changer pour lui le règlement de ma tour. S'il n'y a pas de claie on reprend son service immédiatement : ça vaut pour les garçons vachers comme pour les prisonniers de la couronne. À lui de mieux choisir l'heure de ses exploits.

Chevilliers baissa le nez, malheureux. Mais il ne dit rien.

– Je suppose qu'il a vu cette charrette par la fenêtre, ajouta Emmanuel. Il est aussi vif qu'une anguille. Vous l'avez vu sortir, vous ?

– Non.

– Il a dû passer par la salle des cartes, pour éviter mes gardes. Mais je serais curieux de savoir comment il a pu traverser les cuisines.

– Il ne vous le dira pas, sourit Alexis.

– Je suppose que non...

*

Le Maudit apparut une heure après, dans un état propre à glacer Chevilliers : à peu près aussi blanc que son linge, la chemise lacérée et du sang jusque sur les doigts. Mais ce diable de garçon tenait quand même debout et ne baissait pas les yeux. Le garde qui l'accompagnait lia ses poignets sur les chiffons de toile qui les entouraient. Alexis le regarda faire avec un peu d'effroi, sa pièce de triadelle arrêtée en l'air. Puis il rougit.

– Jouez, dit Emmanuel.

Le garde ressortit et Chevilliers posa sa riatte au hasard sur une case du jeu. La force qui habitait le Maudit, si bien cachée sous sa jeunesse et la beauté de son visage, l'avait toujours impressionné. Mais jamais autant qu'à cet instant où il le voyait chanceler légèrement, si près de lui...

Emmanuel s'était levé, pour défaire les liens d'Oleg et les refaire plus haut, largement au-dessus des chiffons sanglants.

– Vous avez lâché les chaînes, dit-il.

– Je voudrais vous y voir... répondit Oleg.

Sa voix était basse, et comme voilée. Ce dialogue inattendu apaisa le malaise d'Alexis, d'un seul coup.

– Ça doit être difficile de ne pas lâcher, dit-il.

– Oui, dit Oleg. Surtout à la fin. Et vous aussi je voudrais vous y voir, Messire.

– Chacun son lot, dit Emmanuel. Cela dit vous m'obligeriez en vous asseyant quelque part, parce que si vous vous écroulez sur le jeu la partie est finie... et j'allais la gagner.

De cette partie Alexis de Chevilliers devait se souvenir longtemps. Trente ans après il en parlait encore. « C'était du temps du Maudit, disait-il. Sacrebleu, ce Maudit... Il était là, assis sur un banc, il avait du sang partout et il suivait chaque coup. De temps en temps il frissonnait, comme si un vent glacé lui était passé dessus. Mais rien d'autre. Sacrebleu, ce Maudit... »

*

Cette soirée devait rester mémorable pour une autre raison. Au moment précis où le garde délivrait enfin Oleg, et l'aidait à se lever, on introduisit un chevaucheur. Il arborait les armes du régent et celles du Seigneur-Évêque : l'annonce officielle de la mort du prince, dont il était chargé, émanait de ces deux autorités. Emmanuel l'écouta délivrer son message sans rien manifester. « ... Le 23e jour d'août Dieu a rappelé à lui Renaud-Foulques de Systèle... affliction profonde... soumission aux volontés divines... décrétons que la Cour drapera de noir... »

Quand le chevaucheur se tut enfin Emmanuel ferma les yeux, comme pour saluer la petite ombre.

– Vous direz... commença-t-il.

Le jeune homme, choqué, écarta le col de sa chemise pour montrer son cou sans collier, et exiger le tutoiement qui lui était dû.

– Excuse-moi, dit Emmanuel. Tu diras au Seigneur-Évêque que Louvars partage son deuil.

Il s'arrêta. Le chevaucheur attendit un instant, puis eut un large sourire :

– Est-ce tout, Seigneur ?

– C'est tout.

– Mais que dirai-je... que dirai-je au régent ?

– La même chose : que Louvars partage le deuil du Seigneur-Évêque. Va.

Le chevaucheur s'en fut, non sans avoir lancé au Maudit, debout à côté du garde, un regard un peu effrayé. Emmanuel se rassit et secoua la tête, comme pour se réveiller.

– Jouez, dit-il à Chevilliers. Le prince est mort, jouez.

Le garde était sorti mais Oleg s'approcha des joueurs. Il serrait ses bras autour de lui. Les manchettes de sa chemise étaient rouges de sang, et manifestement il brûlait de fièvre.

– Il est mort depuis très longtemps, en fait, dit Chevilliers.

– Presque dix mois, dit Emmanuel. En janvier, le 17 ou le 18. Asseyez-vous, Oleg, si vous restez.

– Je ne reste pas, Seigneur. Merci.

Alexis regardait le jeu de triadelle, devant lui. Sur les cases et les cubes gris, les pièces de cuivre et d'argent brillaient.

– Je le savais pourtant, dit-il. Mais l'entendre... Et si le régent était le frère du Seigneur-Roi, ce serait au moins la même lignée... mais il n'est que le frère de la reine. Comme c'est étrange. Le roi avait eu deux fils. L'aîné s'est noyé avec lui sur la Styjalles et celui-ci, maintenant... voilà. Voilà.

– Jouez, Alexis, répéta Emmanuel.

*

Trois semaines plus tard le Maudit récidiva. Par la petite porte du sud, pour changer. On l'arrêta juste à temps pour lui éviter cette fois encore la claie et le grand fouet : à deux mètres du bout de la passerelle. Emmanuel le renvoya à la tour pour les vingt coups rituels, puis lui fit redonner des gardes.

*

Salvius était aussi inquiet que son seigneur. Mais c'était, lui, pour d'autres raisons encore.

– Son bracelet... dit-il un soir. Je ne suis pas sorcier, je n'ai qu'une impression. Il est jeune et vigoureux, c'est une chose. Une autre est qu'il supporte la douleur du mieux possible et qu'elle ne semble pas lui nuire – en dehors des accès bien sûr. Mais il respire mal, après. De plus en plus mal. Il met quelquefois plus de dix minutes à reprendre son souffle... Pourquoi ? Je ne comprends pas... Est-ce parce qu'il ne crie pas ? Il me semble aussi que les accès se rapprochent, et qu'ils sont plus longs. Croyez-vous que soit prévue une graduation dans l'enfer ? Qu'en sera-t-il dans un an, alors, et dans dix ?

– Tu lui en as parlé ?

– J'ai essayé. Il ne m'a jamais laissé faire. Il biaise, il plaisante... De toute façon il ne parle de ce bracelet, ou de votre tour, que pour en rire. J'ai pensé qu'à vous il répondrait peut-être.

– J'essaierai...

Il le fit dès le lendemain soir, quand le bourgmestre de Chaviers eut quitté son bureau. Oleg, pour une fois, ne s'était pas intéressé à la conversation et n'avait rien à en dire.

– Je suis sûr qu'il me cache quelque chose, dit Emmanuel. La prochaine fois, écoutez-le bien. Cela doit concerner les recettes de la foire.

Il attaqua, brusquement :

– Puis-je vous parler ?

Surpris, Oleg acquiesça.

– Il s'agit de vous et de ce bracelet.

Il s'arrêta. Les choses n'étaient pas faciles à dire, Salvius avait raison, et le regard du Maudit s'était durci...

– Voilà, commença-t-il.

De nouveau il se tut. Le Maudit eut un petit rire moqueur :

– Je vais vous aider, Seigneur. Vous voulez me l'enlever, non ? Me le laisser le dimanche ? Le changer de bras ? Vous en servir à la tour ? Le mettre à Chevilliers ?

– Non, sourit Emmanuel. Je voudrais comprendre pourquoi vous avez de plus en plus de mal à respirer après.

Oleg cessa de rire. « Je ne sais pas », dit-il froidement.

– Mais c'est bien lié au bracelet ?

– Je le suppose.

– Cela ne se produisait pas au début.

– C'est venu peu à peu.

– Salvius pense que vous respirez mal parce que vous ne criez pas.

– Il a tort.

– Il lui semble aussi que les accès sont plus fréquents maintenant.

– Il a raison.

Cette fois il ne laissa pas au seigneur le temps de poser une autre question :

– Cela n'a aucune importance, dit-il, parce que personne n'y peut rien de toute façon. Parlez-moi plutôt de la foire de Chaviers...

*

En novembre, comme l'avait prévu le Maudit, Rilor attaqua Larvey. Emmanuel ne broncha pas. Sans scrupule : il avait prévenu le seigneur de Larvey, quelques semaines auparavant, qu'il s'abstiendrait. Et il lui avait donné ses raisons.

Contre toute attente Larvey résista. L'un des vassaux de ce fief était un guerrier réputé et sa petite troupe, bien entraînée, fit merveille. Les barbares n'insistèrent pas : après trois jours d'escarmouches ils se replièrent, sur leurs petits chevaux trapus, et se fondirent dans les collines.

Dix jours plus tard une patrouille découvrit sur la côte, très près de Louvars, beaucoup de traces suspectes. On avait campé là et on y avait traîné de lourdes charges.

– Ils attendaient votre départ, dit le Maudit. Vous ne faisiez donc pas surveiller les côtes ?

– Plus haut, à la frontière avec leurs terres, si. Et il n'y avait rien.

– Mais cette semaine-là était celle des grandes marées. S'ils ont suivi la ligne des flots sur quelques lieues, la mer avait tout effacé deux heures après.

Le pire était que les choses avaient dû se passer ainsi. Du chemin de ronde où ils se tenaient le Maudit désigna au seigneur un repli de la dune :

– Ils viendront par là. C'est encore là qu'ils seront le plus longtemps à couvert. Les hommes par la plage et le matériel lourd par bateaux.

– Ils n'ont pas de bateaux.

– Si Rilor n'a pas de bateaux c'est un imbécile et si c'est un imbécile il n'est pas dangereux. Pariez qu'il en a, Seigneur. Et regardez bien cette courbe, là, parce que vous l'y verrez un jour.

(C'est bien par là qu'il vint, en effet. Mais beaucoup plus tard. Dans l'histoire du Maudit Rilor n'est qu'une ombre à l'arrière-plan. C'est dans celle d'Emmanuel que l'ombre grandit au point de tout envahir.)

Le Maudit avait reposé sa main sur le créneau. Longue et fine, elle donnait pourtant une impression de force. Sur le poignet, juste au-dessus du bracelet, on voyait encore les marques sombres des blessures causées par les anneaux.

– Ils choisiront une forte marée d'hiver, reprit-il. Pas cette année, je ne crois pas. Quand les chats ont raté leur premier bond ils attendent que la proie se rendorme au soleil. Rilor peut aussi avoir pâti de cet échec. Ils viendront l'hiver prochain, à la fin de novembre ou au début de décembre, entre ces deux collines. À moins que vous ne leur offriez une meilleure occasion plus tôt, bien sûr.

– Vous êtes sorcier ? sourit Emmanuel.

– Non ! Mais je dois ressembler un peu à votre Rilor. Il me semble parfois que je l'entends réfléchir.

Il se retourna, pour regarder ses deux gardes debout à quelques mètres de là.

– Il n'a pas de plan arrêté, dit-il. Il est bien trop rusé pour cela. Il veut Louvars. Et pour l'avoir il veut que vos hommes en sortent. C'est tout. Tâchez d'être aussi simple que lui, Monseigneur, et n'oubliez pas ceci : le jour où vous ferez passer vos troupes entières sur le pont-levis, quels qu'en soient le prétexte et l'urgence... Rilor aura sa chance.

Il ne souffrait pas, Emmanuel en était sûr : sa respiration, pourtant, s'embarrassa un instant. Et il s'appuya contre le parapet. Mais presque aussitôt il se redressa, et un petit sourire malicieux passa sur ses lèvres :

– Ils s'ennuient ferme, dit-il.

– Qui ?

– Mes gardes. Regardez-les. J'appelle toujours celui de droite « Cole » et celui de gauche... Devinez.

– « Glu » ?

– Non : « Proto ».

Emmanuel éclata de rire. Le Maudit seul, en fait, pouvait le faire rire ainsi.

– Le Proto d'hier, continua Oleg, a failli s'endormir dans la sellerie. Vous êtes cruel envers eux, Seigneur.

– Je suis cruel envers tout le monde, répondit Emmanuel. C'est ma nature profonde.

*

Du même endroit des remparts, ou à peu près, Emmanuel et Salvius virent le lendemain matin le petit peuple qui entourait toujours la herse entrer en ébullition. Des gardes descendaient précipitamment l'escalier du chemin de ronde, et d'autres semblaient donner l'assaut à leur propre salle d'armes. Le capitaine lançait des ordres furieux, un cheval effrayé se cabrait...

– Eh bien ? dit Salvius. Quelle mouche les pique ?

Un groupe serré ressortit presque aussitôt de la salle d'armes. Salvius reconnut le premier Oleg au milieu des gardes. Il se débattait comme un beau diable et faillit leur échapper plusieurs fois. Ils finirent par le coincer contre la herse et le garrotter. Salvius poussa un juron exaspéré.

– Encore ! dit-il.

« Encore, pensa aussi Emmanuel. Encore cette souffrance et ce sang. Pour rien... »

Il descendit l'escalier des remparts, lentement.

– Fais-les monter dans la salle, dit-il à Salvius.

Salvius cria un ordre, puis suivit son maître. Il faillit parler, dans la grande salle où le seigneur venait de prendre place sur son lourd fauteuil noir ; mais il y renonça, avec un geste découragé de la main. Déjà on introduisait le Maudit.

On l'avait détaché dans le couloir. Mais ses gardes le tenaient fermement par les bras. Emmanuel leur fit signe de le lâcher. Il avait une meurtrissure sombre sur le front, et cet air de prisonnier modèle qu'il prenait parfois : distrait, et comme absent.

– Je t'écoute, dit Emmanuel au chef du pont.

– Il voulait débloquer le mécanisme de la herse.

– Il l'a fait ?

– Oui, Seigneur.

– Ta salle n'est pas très bien gardée. Dix.

L'homme baissa les yeux, sans répondre.

– Et puis ? reprit Emmanuel.

– Il l'a levée un peu, à peine, juste de quoi se glisser... on n'a même pas vu qu'elle bougeait, Seigneur.

« C'est habile, pensa Emmanuel. Qui regarde le bas d'une herse quand on est trente autour ? Elle ne grince qu'à mi-hauteur... Ses gardes parlaient aux autres, il serait ressorti pour attendre un moment favorable, et il y a des chevaux dans la pâture... »

Le Maudit regardait la tapisserie accrochée au mur, sans paraître s'intéresser le moins du monde à ce qui l'entourait.

– Favre est entré quand il lâchait la roue, heureusement. Et puis...

L'homme s'interrompit net. Il jeta au Maudit un regard furtif, avant de lever les yeux vers le visage sévère du seigneur.

– ... on l'a conduit ici, conclut-il.

Emmanuel vit un petit sourire passer, très vite, sur les lèvres d'Oleg. Les hommes l'aimaient, oui... Il aurait été facile d'embarrasser celui-ci en lui demandant pourquoi on avait dû frapper le Maudit. Mais Emmanuel ne le fit pas. Il regardait droit devant lui, comme chaque fois qu'il avait une décision à prendre, et on ne pouvait rien lire sur son visage. Il avait omis pourtant une part importante de la procédure, dans une affaire où le doute demeurait, s'en avisa soudain et regarda le Maudit :

– Vous ne niez rien ?

– Non, Monseigneur.

– Aviez-vous l'intention de quitter l'enceinte ?

– Oui, Monseigneur.

Emmanuel se tut de nouveau. « Tentative, pensait-il. Vingt coups. Mais ça ne servira à rien. C'est la troisième fois qu'il essaie de sortir en un mois et demi : il recommencera. Dix fois s'il le faut. Dix fois vingt coups. S'il réussit ce sera trente, et les claies... »

– Bien, dit-il. Vingt.

*

Quand le Maudit prit sa faction, le soir, il n'était pas en si piteux état que lors de la fameuse partie de Chevilliers. Il avait quitté la tour bien avant midi, il avait dormi et s'était changé. Des bandes propres entouraient ses poignets. Mais il avait déjà beaucoup de fièvre.

Personne ne pouvait se vanter d'avoir vu le seigneur de Louvars en proie à la colère. Il faisait toute chose avec calme et mesure et n'élevait jamais la voix. Ce soir-là pourtant l'irritation assombrissait son regard, et quand il parla ce fut avec une dureté inhabituelle.

– J'ai donné des ordres à la herse, dit-il : il vous est interdit d'en approcher à moins de vingt mètres.

Le Maudit le regarda, sans répondre. La fièvre faisait briller ses yeux.

– Vous ne réussirez pas à sortir, dit encore Emmanuel. Seulement à collectionner les coups de fouet.

– Peut-être, répondit Oleg.

– Comptez-vous aller jusqu'à cent d'ici le nouvel an ?

– Ce n'est pas vraiment mon but, Seigneur.

Il parlait très bas. Et il recula un peu, pour s'adosser au mur comme il le faisait quand il était fatigué, ce qui était très fréquent maintenant. Ce soir-là pourtant il y renonça vite : le contact des pierres contre son dos devait être trop douloureux. Emmanuel regardait son visage, très pâle, où tant de force veillait sous la pureté des traits. « Je comprends qu'il ait pu tuer, pensa-t-il soudain. Il y a quelque chose d'implacable en lui... »

– J'ai de très bons cachots dont il vous serait difficile de sortir, Oleg. Deux mètres sur deux, un peu de paille et un pichet d'eau – pas un bruit, pas un mot et pas un rayon de soleil pendant des mois... Est-ce que je serai un jour contraint de vous y enfermer, avec votre bracelet pour seule compagnie ? Vivre comme un rat dans un trou, assis sur vos ordures, ça vous tente ?

– Non, dit le Maudit.

Il plissait un peu les yeux, comme s'il avait eu du mal à distinguer clairement devant lui la silhouette du seigneur.

– Je ne sais pas ce que vous cherchez à faire ou qui vous voulez voir... Êtes-vous certain que cela vaille tant de souffrances ?

– Je ne souffre pas.

– La peste soit des entêtés... dit Emmanuel. Asseyez-vous et taisez-vous.

*

Il établit très vite de nouvelles règles pour le Maudit. Non seulement celui-ci ne pourrait plus s'approcher de la herse, ni d'aucune porte des murailles, mais encore ses gardes devaient le serrer de très près et se saisir de lui au moindre geste suspect.

Oleg ne fit aucun commentaire. Il avait déliré plusieurs jours après cette visite à la tour et mit longtemps, cette fois, à se remettre. On ne devait pas le revoir sourire avant quelques semaines.

– Il recommencera, dit Salvius un soir. Il a quelque chose à faire dehors et il recommencera.

Emmanuel en était aussi persuadé que lui.

– Je ne peux pourtant pas le mettre au cachot par précaution...

– Il a encore parlé de ce Darcier quand il délirait. Et il m'a redemandé si Florimond était mort... Vous savez de qui il s'agit ?

– Non, dit Emmanuel. Quand il ne délire pas il se tait là-dessus. Qu'a-t-il dit d'autre ?

– Pas grand-chose. C'était très confus. Il parlait d'arbres... Il semblait avoir peur.

– J'aimerais qu'il ait peur de mes fouets, dit Emmanuel avec amertume. J'aimerais beaucoup.

– Il en a certainement peur, sourit Salvius. Mais cela ne l'empêchera pas de recommencer.

*

Ce fut chez le seigneur de Larvey, curieusement, qu'Emmanuel fut enfin éclairé sur le destin de son prisonnier. Il avait chassé le loup avec Chevilliers et tous deux dînèrent à Larvey le soir.

On parla d'abord du prince de Systèle. Deux mois s'étaient écoulés depuis l'annonce officielle de sa mort et pendant ces deux mois on s'était tu. La stupeur de voir ainsi se terminer l'aventure avait paralysé toutes les langues. Systèle perdait beaucoup en perdant cet enfant et le deuil lui était douloureux.

Il s'était fait. On pouvait de nouveau parler. Le régent était-il conscient d'avoir non seulement perdu son âme, mais aussi déshonoré sa lignée ? Messire Louis, son fils, n'avait jamais été particulièrement aimé. Mais on parlait maintenant de lui avec une grande irrévérence, comme du fils d'un assassin. Combien de générations de rois issus de lui faudrait-il pour que l'on oublie cette ombre sur leur nom ?

– Savez-vous, dit le seigneur de Larvey, que l'un des juges du Grand Tribunal a démissionné ? Patier, Vatier..

– Fortier ? Maître Fortier ?

– Voilà. Celui qui s'était occupé de votre Maudit justement, et des faussaires de Tiardes. Quand l'annonce de la mort du prince a été faite à Systèle – une mort due à la fièvre, n'est-ce pas, et huit bons mois après l'assaut du Grand Couvent, bien sûr – il est allé au palais rendre au régent le sceau du tribunal, et il s'est retiré dans ses terres.

– Salvius sera heureux de l'apprendre. Il a toujours eu une grande admiration pour cet homme.

Le seigneur de Larvey était un petit homme rondelet, extrêmement indécis, dont la mollesse ne facilitait pas la tâche de son voisin aux frontières barbares. Pourtant Emmanuel avait de l'amitié pour lui : il appréciait sa bonté et sa grande honnêteté.

– Nous aurions dû... disait justement Larvey. Est-ce que vraiment nous ne pouvions rien faire pour cet enfant, Louvars ? Les pairs ? Tous les pairs ? Il y avait peut-être quelque chose à faire...

– Mais quoi ? Le régent n'a jamais dit qu'il voulait sa mort... Il avait le pas sur lui jusqu'à ses dix-huit ans et il avait parfaitement le droit de le faire élever à la Cour. Si le Seigneur-Évêque a pu le braver c'est qu'il était évêque en même temps que seigneur. Et s'il a tenu trois ans c'est que son fief est très particulier : pas de château à assiéger, seulement des couvents, des couvents et des couvents enfouis dans la forêt...

– Soyez franc, Louvars : si cet enfant s'était présenté à votre pont-levis, l'auriez-vous remis au régent comme la loi vous y obligeait ?

– Non, sourit Emmanuel. Mais je n'aurais pas eu une seconde l'espoir de le sauver. Il ne serait mort qu'après moi – mais il serait mort.

– Moi je l'aurais sauvé, s'enflamma soudain Chevilliers. Je l'aurais sauvé, Seigneurs.

Il rougit, parce que les deux hommes s'étaient mis à rire. Puis un silence plana, cet étrange silence, fait de honte et de colère mêlées, qui suivait souvent le nom de l'enfant mort. Et le seigneur de Larvey changea précipitamment de sujet :

– J'ai appris de curieux détails sur votre Maudit... Savez-vous qu'il a fallu quatre hommes pour lui mettre le bracelet vert, à Systèle, après le jugement ?

– Ça m'étonne de lui.

– Pourtant, si. Je le tiens du sire de Miranes, que j'ai vu à Tiardes et qui a suivi le procès d'un bout à l'autre. Il avait rencontré le duc de Sinor-Feuilles peu de temps avant la mort de celui-ci : et c'est bien le bracelet qui l'a tué, d'après lui. Est-ce que votre Maudit a déjà du mal à respirer ?

– ... Oui.

– Il en aura de plus en plus. D'après Miranes les condamnés au bracelet présentent tous les mêmes symptômes. Il a consulté les vieux rapports. Pas grand-chose pendant un an ou deux, à part la douleur bien sûr. Puis les crises se rapprochent, on constate une grande fatigue et cette difficulté croissante à respirer... Le duc de Sinor-Feuilles est mort ainsi, de suffocation. Il avait porté le bracelet cinq ans. Tous les condamnés dont Miranes a pu consulter le dossier sont morts avant six ans de bracelet. Quatre ou cinq en général. Mais votre Maudit est jeune, il peut survivre plus longtemps.

Chevilliers, blême, se leva brusquement. Il regardait Emmanuel et son visage impassible semblait l'effrayer.

– Eh bien ? dit le seigneur de Larvey. Quelle mouche vous pique ?

– Le Maudit de Varielles est mon ami, dit Chevilliers. Permettez-moi de me retirer, Seigneurs.

On le lui permit. Et après son départ Marc de Larvey haussa les épaules, avec indulgence.

– Ces jeunes fous... dit-il. Je ne vous envie pas, Louvars, d'avoir de si jeunes vassaux. Ils sont ingouvernables. Votre Maudit ne vous cause pas d'ennuis, lui ?

– Non.

– Son père était un homme très respecté, m'a-t-on dit. Et qui n'avait jamais maltraité son fils. Curieuse histoire... Est-ce qu'il en parle ?

– Jamais.

Emmanuel regardait, par-dessus l'épaule de son hôte, un fantôme blond rire aux éclats, debout sur un rocher de l'île aux Oiseaux. Si jeune, si gai.

– Le châtiment est grand, dit-il.

– Mais le crime, Louvars ? N'est-ce pas le plus grand des crimes que de tuer son père ? Insulter à la vie elle-même ? La loi ne s'y trompe pas, qui ne déclare maudits que les parricides et les régicides...

– Les régicides ? Parlons-en ! Combien d'hommes faudrait-il pour passer le bracelet vert au poignet du régent, à votre avis ?

– Il n'a pas tué son roi : le prince n'aurait pu être sacré qu'à ses dix-huit ans.

– Il a tué plus précieux encore : l'honneur même de Systèle.

– Oui, dit le seigneur de Larvey, oui, et pourtant la loi est méfiante, puisqu'elle prévoit pour les régents l'interdiction absolue d'être rois un jour, quoi qu'il puisse arriver... Le cas s'est présenté plusieurs fois, vous savez bien. Et l'honneur, comme vous dites, est resté sauf. Ce qui nous a perdus cette fois c'est que le régent était aussi le père du plus proche parent mâle.

– Vous allez chercher bien loin vos explications... Ce qui nous a perdus c'est la puanteur de son âme, et rien d'autre.

– Vous ne devriez pas... Je vous trouve bien imprudent, Louvars. Si le régent apprenait...

– Qu'il se fasse relire ma devise, dit Emmanuel. Et qu'il vienne, s'il l'ose : je l'attends.

*

Emmanuel eut à débrouiller cet automne-là une histoire extrêmement complexe. Deux artisans du bourg de Voinzy s'accusaient l'un l'autre de vol et d'escroquerie. Leurs femmes s'en mêlaient, leurs apprentis, leurs voisins ; il y eut dans la rue plusieurs batailles rangées. L'affaire avait commencé comme une farce, mais tournait mal. Emmanuel finit par faire convoquer tout ce petit monde. Des heures durant le Maudit le vit interroger patiemment tous les protagonistes – deux chaque soir. Il se passionna. Les théories qu'il échafaudait étaient séduisantes : mais il en avait tant qu'Emmanuel se moquait souvent de lui.

– Taisez-vous, disait-il. C'est déjà suffisamment compliqué.

L'étourderie de l'une des femmes finit par ouvrir une piste, que l'on suivit, et tout se dévoila bientôt. Pressé de questions rapides, un petit vacher en dit même beaucoup plus long qu'on ne s'y attendait. Emmanuel accueillit la vérité, surprenante, avec un visage parfaitement impassible. Mais quand le bavard fut sorti il eut un long fou rire. Tout un drame pour une histoire de lit! Chaque fois qu'il reprenait son sérieux le Maudit faisait une nouvelle plaisanterie, ou soulignait un nouvel aspect comique de l'aventure : ils se remettaient tous les deux à rire.

Il fallait sévir pourtant. Emmanuel laissa de côté ce qui concernait la liaison de la belle savetière avec l'apprenti du cordonnier, ainsi que les breuvages magiques destinés à nouer l'aiguillette du mari jaloux. Restaient les malversations et la tentative de meurtre sur le clerc du bourgmestre. Il ordonna quelques amendes et une peine de prison. Rien pour le clerc lui-même, ce qui scandalisa le Maudit.

– Tout est parti de lui... disait-il.

– Vous voulez vraiment que je le punisse?

– Je voudrais comprendre pourquoi vous ne le faites pas.

Emmanuel le lui expliqua, patiemment. Le Maudit admit ses raisons mais resta scandalisé.

– Vous avez un gros défaut, lui dit Emmanuel : vous isolez les décisions à prendre. Demandez-vous toujours quelles conséquences elles auront.

Ici, le Maudit sourit :

– Je n'ai pas souvent de décisions à prendre.

– Mais si, plaisanta Emmanuel : « Sortirai-je? Ne sortirai-je pas? »

– Cela n'a de conséquences que pour moi.

– Mais pas du tout ! Et la fatigue de mon bourreau ? Et une heure de mon précieux temps, si je dois descendre ?

– Plaise à Dieu que vous deviez descendre... Ce serait plus de vingt coups, et j'aurais donc réussi à sortir.

Le sujet était assez dangereux. Le Maudit l'abandonna vite pour revenir à la jolie savetière :

– Elle a beaucoup joué de ses charmes avec vous, Monseigneur...

– J'ai vu, sourit Emmanuel. C'était très agréable. L'apprenti du cordonnier a de la chance...

*

Dès le début de décembre les pluies se mirent à étendre sur le Nord leur chape sombre. Tenaces et froides, elles tombaient sans interruption et transformaient les pistes en fleuves de boue. Plus de caravanes et plus de visites. Le fief se trouvait coupé du reste de l'île pour plusieurs mois. Seuls des chevaucheurs se présenteraient encore au pont-levis, et Chevilliers lui-même devait souvent se résigner à rester chez lui.

Il fit bien : il aurait sans doute très mal supporté la façon dont le bracelet de son ami, soudain, s'emballa. Les accès devinrent très longs et se suivirent souvent de très près. Salvius n'avait pas encore renoncé à comprendre le fonctionnement de l'appareil et cette nouvelle bizarrerie l'affola. « Cela va faire un an qu'il le porte, disait-il. Sa condamnation est du 22 décembre dernier. »

– Et alors ? disait Emmanuel.

Le Maudit se tenait à l'écart. Il était épuisé par tant de souffrances et détestait se donner en spectacle. On finit par ne plus le voir que le soir. Pendant quelque temps il redevint ce qu'il avait été à son arrivée : une petite ombre à l'arrière-plan, immobile et méfiante.

Il fuyait tout particulièrement Salvius, dont la compassion devait lui peser. Et le seigneur, parce que sa présence l'obligeait à se lever.

*

Le cinquième soir, Emmanuel trouva son vieux maître assis à la porte de la salle, découragé.

– Eh bien ? dit-il.

Il revenait de Ryves et sa cape, lourde de pluie, gouttait sur les dalles du couloir. Il la dégrafa et la tendit à un garde.

– Ça dure depuis deux heures, dit Salvius. Cette espèce d'engin monstrueux est devenu fou...

Il regarda le seigneur, qui ôtait ses gants, et demanda :

– Qu'allez-vous faire ?

– Et que veux-tu que je fasse ? répondit Emmanuel.

Il comprit ce que Salvius n'osait pas dire, et hocha la tête.

– Non, dit-il. Jamais. Quoi qu'il arrive, jamais.

Une expression étrange passa sur le visage de Salvius, faite de colère et de mépris. « Je remercie le ciel, dit-il, de ne PAS être le seigneur de Louvars. »

– Remercie, répliqua Emmanuel : tu ne l'es pas.

Il regarda Salvius s'éloigner sans mot dire, puis entra dans la salle. Les deux gardes qui se tenaient toujours très près du Maudit sortirent en voyant le seigneur apparaître; quand leur prisonnier ne se trouvait pas seul dans les pièces communes ils l'attendaient à l'extérieur.

Oleg était assis à sa place favorite, sur le banc de pierre ménagé dans l'embrasure d'une fenêtre : de là il voyait la mer.

– Salvius erre comme une âme en peine, dit Emmanuel. Ça continue?

– Oui, répondit simplement Oleg. Mais ce n'est pas très fort.

Il avait du mal à respirer, comme toujours lorsque la douleur durait. Il voulut se lever, pourtant.

– Non, dit Emmanuel, je vous en prie.

« Il a eu vingt ans mardi, pensa-t-il. Quel sinistre destin que le sien... »

Oleg, cependant, essayait de sourire :

– Ça ne s'arrêtera peut-être plus jamais, dit-il. Et Salvius se pendra.

– Pas vous?

Dans le regard du Maudit passa cet éclair dur et froid qui l'assombrissait parfois.

– Non, dit-il. Pas moi.

Emmanuel se mit à ses dossiers. Un peu plus tard, à neuf heures, le garde du Maudit vint l'attacher. La pluie battait contre les murailles, insistante et mauvaise.

Emmanuel signait, page après page, l'état des provisions d'hiver. Il regardait Oleg de temps à autre et le voyait immobile, le visage un peu détourné, contemplant la mer au loin. La douleur devait monter par à-coups, puis refluer : il avait parfois une plainte sourde. Une fois, une seule, il eut presque un cri. Et il mit longtemps à reprendre son souffle. La position de ses bras, liés derrière son dos, ne devait pas l'aider à respirer plus à l'aise.

Emmanuel reçut plusieurs conseillers, ce soir-là. Quand la porte s'ouvrait le Maudit se levait, pour reprendre la faction classique que lui imposait son protocole. Et il ne se serait pas rassis de lui-même lorsque le visiteur sortait : Emmanuel, chaque fois, devait le lui redire. Pendant le rapport de Sainte-Luce la douleur lui arracha à plusieurs reprises un long gémissement. Emmanuel vit le capitaine lui lancer un regard un peu effrayé. Le bruit courait déjà dans la troupe que le bracelet du Maudit s'était pris de folie. Et les hommes avaient pour Oleg une sorte d'affection. Sainte-Luce pourtant reprit son exposé sans rien manifester de plus.

Quand il sortit à son tour Oleg allait mieux : il se tenait à peu près droit et respirait plus facilement.

– Je n'attends plus personne, lui dit Emmanuel : voulez-vous boire ?

– Ça va être difficile, à moins que vous ne jouiez encore les échansons...

– Ce ne sera pas la peine. J'ai l'esprit inventif.

Il remplit d'eau le gobelet d'argent qu'on laissait toujours sur sa table, fit signe au prisonnier d'approcher – et passa derrière lui pour défaire ses liens. Oleg sourit.

– Radical, apprécia-t-il.

Il ne souffrait plus, et ce répit faisait briller ses yeux. Il frotta ses poignets, étira et replia ses doigts, plusieurs fois, puis but. En fait, il avait toujours soif. Emmanuel pensa que la privation d'eau, à la tour, avait dû lui être plus pénible qu'aux autres.

– Vous me faites souvent penser à une éponge, plaisanta-t-il. Avez-vous toujours bu tant et tant d'eau ?

– Je n'en sais rien, dit Oleg : je n'ai pas de passé, Monseigneur. Ni passé ni honneur, les actes sont formels. Essayez-vous de me prendre en faute ?

Il but deux autres verres, puis remit ses bras derrière son dos. Les charnières du bracelet brillaient sous le tissu de sa chemise. Emmanuel lui lia les poignets et refit le nœud. En glissant deux doigts sous les cordelettes il s'assura qu'elles n'étaient pas trop serrées, et ce geste fit rire Oleg.

– Vous êtes trois à faire ça dans ce château, dit-il. À vérifier que ça ne va pas blesser. Trois seulement.

Emmanuel s'était rassis.

– Qui ? demanda-t-il.

– Eh bien, vous – l'un des aides du bourreau – et le responsable de mes gardes.

Il ajouta, avec un peu de malice :

– J'ai une position très particulière pour observer les gens, mais après tout elle en vaut une autre.

– N'importe laquelle vous irait, répliqua Emmanuel. Je n'ai jamais rencontré d'esprit plus pointu que le vôtre. Et que font ceux qui ne vérifient pas ?

– Cela dépend de leur nature. La plupart serrent les liens raisonnablement. Deux les laissent si lâches que je pourrais sans doute me libérer seul.

Il eut un petit rire :

– Si j'osais. Si j'osais, bien sûr.

– Bien sûr, sourit Emmanuel.

– Quatre serrent trop fort. Le premier parce qu'il fait tout trop fort de toute façon. Il est trop grand, trop large, trop lourd... en fait je ne peux pas lui en vouloir : il serre comme pour lui.

Emmanuel sourit. La langue agile d'Oleg l'avait toujours amusé.

– Au deuxième, dit-il.

– Le deuxième est jeune et inquiet. L'idée que je pourrais lui échapper et lui causer des ennuis le terrorise. On peut lui pardonner aussi.

– Pardonnons, accorda Emmanuel. Au suivant.

– Le suivant est bête. On doit m'attacher, bon. Ça doit donc être efficace. Et pour être efficace il faut que ce soit serré.

– Il ressemble au précédent, non ?

– Pas du tout ! Le précédent sait qu'il me fait mal. Celui-ci ne s'est jamais interrogé là-dessus. Je n'existe pas pour lui, je ne suis que deux poignets à entourer d'une corde.

– Vous lui pardonnez ?

– J'hésite. Je suis tenté de le faire... Mais faut-il pardonner à la bêtise ? C'est dangereux, la bêtise...

Emmanuel, cette fois, éclata de rire.

– Et le dernier ?

– Je ne pardonne pas au dernier, dit Oleg. Il serre fort, exprès. Quand c'est fait il tire encore, d'un coup sec. Il prend beaucoup de précautions en faisant le nœud de peur que la corde n'en profite pour se détendre un peu. Ensuite il m'observe avec satisfaction : il pense que Dieu est grand de permettre que les méchants soient punis, et punis par lui qui aime tant punir...

– Est-ce un de vos gardes attitrés ?

– Je ne vous le dirai pas, Monseigneur. Vous seriez capable de l'affecter à la tour pour utiliser au mieux ses compétences, et je l'y retrouverais la prochaine fois. Peste ! Voulez-vous ma mort ?

Emmanuel se remit à rire. Ces conversations du soir avec le Maudit lui plaisaient toujours. Oleg était la seule personne au monde à se conduire envers lui avec naturel, sans doute parce qu'il échappait à l'ordre social. Lui seul osait plaisanter avec le redoutable seigneur de Louvars, ou refuser de lui répondre ; Salvius lui-même s'y risquait rarement. Et puis quel surprenant esprit il avait, rapide, délié, brillant...

– Je souhaite que vous n'ayez plus jamais l'occasion de retrouver qui que ce soit à la tour, dit Emmanuel. Est-ce que vous méditez encore une escapade ?

– Mais bien sûr, sourit Oleg. Demain matin, à neuf heures dix, par la petite porte des grains. Je serai déguisé en garçon de ferme et mes dix complices en sacs de blé noir.

– Vous ne pouvez absolument pas vous passer de mon bourreau plus de trois semaines ?

– J'aimerais m'en passer tout à fait... mais vous insistez beaucoup chaque fois. C'est difficile de refuser.

– Je finirai vraiment par vous mettre au cachot.

Oleg lui sourit, gentiment :

– Vous n'oseriez pas. On devient vite fou là-dedans, et que feriez-vous d'un prisonnier fou ? Et puis je préfère le fouet. Ça dure moins longtemps. J'ai quand même voix au chapitre, non ?

– J'oserais tout à fait.

– Alors choisissez plutôt la cage aux barbares. Au moins il y a de l'air. Et puis je pourrai parler aux corbeaux.

Il riait. « Il va mourir, pensa Emmanuel. Je le verrai mourir ici. Dans trois ans, dans quatre ans... Est-ce qu'il le sait ? »

– Vous avez vingt ans depuis trois jours, Oleg. Vous pourriez peut-être en profiter pour vous montrer plus sage et délaisser ma tour.

Oleg ne répondit pas. Il avait pâli, et serrait les dents. Puis il baissa la tête : Emmanuel ne vit plus que ses cheveux blonds, et détourna les yeux.

– Retournez là-bas, dit-il doucement. Et je vous en prie, asseyez-vous.

Il rouvrit son registre et fit un effort pour s'y intéresser. Des pensées folles se mêlaient aux chiffres de l'intendant. « Le régent lui-même est un assassin... vingt tonneaux de châtaignes sur cendre... exiger... exiger une grâce... trente charretées de bois... » Il se calma très vite. Le Maudit n'avait pas été condamné par le régent, mais par le Grand Tribunal de Systèle – qui n'avait balancé qu'entre la mort et le bracelet vert. Son sort était scellé. Ni le seigneur de Louvars ni personne au monde n'y pourrait rien changer. Les chiffres redevinrent des chiffres.

Il restait à Oleg une longue heure de faction. Il la passa immobile dans son embrasure de fenêtre, à se plaindre de temps à autre et à chercher péniblement son souffle. Le garde qui vint lui délier les poignets, à onze heures, le considéra avec un peu d'effroi. Emmanuel l'entendit murmurer : « Ne bougez pas... » et le vit s'accroupir pour défaire les cordelettes.

Oleg pouvait maintenant se pencher en avant, et respirait donc mieux. Mais il continuait à souffrir.

Quand Emmanuel referma son dernier registre, il était près de minuit. Il rejoignit le Maudit et s'accroupit près de lui à son tour.

– Oleg... dit-il. Voulez-vous que je vous fasse reconduire chez vous ?

Le Maudit ne répondit pas. Il n'avait sans doute pas entendu. Emmanuel prit sa main, instinctivement, et sentit les doigts minces et fiévreux serrer les siens. Dehors, la pluie cessa brusquement.

– Je ne peux plus... dit Oleg.

Il avait parlé très bas, et d'une voix absolument désespérée.

– Ça brûle, dit-il encore. Je ne peux plus.

– Vous n'avez pas le choix, dit Emmanuel.

« Aucun de nous n'a le choix », pensa-t-il. Il s'assit à côté d'Oleg, sans lâcher sa main, comme il l'aurait fait pour un enfant. Pendant longtemps ils ne bougèrent pas. Emmanuel regardait la mer briller sous la lune. « Je serai jugé là-dessus moi-même, pensait-il. Quoi qu'il arrive je serai jugé là-dessus. » Oleg s'était redressé un peu, mais restait caché sous ses cheveux blonds. Il se plaignait moins. Enfin il se tut tout à fait, et peu après Emmanuel sentit ses doigts se détendre. Il lâcha sa main.

– C'est fini ?

– Je crois, répondit Oleg. En tout cas pour le moment.

L'idée que cela pouvait recommencer dans très peu de temps serra le cœur d'Emmanuel. Il ne dit rien pourtant. Pendant quelques instants ils regardèrent la lune, si paisible sur la mer. Puis Oleg se leva.

– Merci, dit-il.

*

Cela ne recommença pas. Le bracelet vert se montra même assez discret pendant plusieurs jours, après cet accès de fièvre. Le pire, pensait Emmanuel, devait être cela : le caractère imprévisible des crises.

– Je l'aurais pensé aussi, dit Salvius quand il lui en parla. Mais Oleg dit que non. C'est assez angoissant, mais ce n'est pas le pire.

– Quel est le pire, alors ?

– D'après lui, la douleur elle-même. Un certain moment en tout cas, quand elle quitte le poignet pour monter dans le bras.

Il ajouta, soucieux :

– Ces accès si longs... ils n'étaient pas très forts. S'ils l'avaient été il serait mort.

– Eh bien, dit Emmanuel, il serait mort. C'est peut-être ce qui pourrait lui arriver de mieux. Et de toute façon je ne suis pas...

Il s'arrêta.

– ... le Grand Juge de Systèle, acheva Salvius.

– Voilà, sourit Emmanuel.

Salvius baissa la tête.

– Il ne peut plus tirer sa table, dit-il.

– Pardon ?

– Le Maudit. Sa grande table, chez lui. Il la déplaçait souvent. Près du feu le soir, près de la fenêtre le matin. Il ne peut plus le faire seul. Pensez-vous qu'elle soit devenue plus lourde en quelques mois ?

Emmanuel ne répondit pas.

– Il est rare qu'il reste longtemps debout sans s'appuyer à un mur, maintenant, reprit Salvius. Sa faction chez vous, le soir, l'épuise. Et l'avez-vous vu monter le grand escalier des Sixtes ? Depuis quelque temps il s'arrête au milieu, sous prétexte de regarder le vestibule, dont à mon avis il se soucie peu... La vérité est qu'il s'affaiblit, Seigneur.

– Et que proposes-tu ?

– Rien. J'essaie de comprendre.

Le regard que le seigneur posa sur lui l'effraya un peu. Quelles pensées douloureuses l'assombrissaient ainsi ?

– Excusez-moi, dit-il.

Mais déjà Emmanuel souriait.

– Tu es un rêveur, dit-il. Occupe-toi de tes astres et laisse-moi le reste du fief, veux-tu ?

– Seigneur-Dieu, dit Salvius, un fief est la dernière chose au monde que j'aimerais posséder...

*

Après les pluies vinrent les premiers froids. Les vassaux d'Emmanuel avaient parfois du mal à atteindre Louvars.

Quand ils se risquaient sur les pistes c'était pour s'entretenir gravement, à table, du sujet du jour – ou plutôt de la semaine, parce qu'on manquait cruellement de nouvelles fraîches.

On sut malgré tout que les évêques avaient entrepris une tournée générale des fiefs, comme cela leur arrivait parfois, et qu'en passant à Systèle ils devaient rendre hommage au régent.

– Il paraît même, prétendait le duc de Ryves, qu'un service solennel sera célébré dans la capitale à la mémoire du prince de Systèle, et que le Seigneur-Évêque y assistera aux côtés du régent...

Les évêques n'étaient jamais venus à Louvars, ni à Larvey, même en été, puisque la route du roi n'allait pas jusque-là. Du dernier fief desservi par cette route ils s'étaient contentés lors de leur tournée précédente, dix ans auparavant, d'envoyer un chevaucheur transmettre leur salut au seigneur de Larvey et au père d'Emmanuel.

– De toute façon le Nord entier est trop rude pour eux, dit un soir Alexis de Chevilliers. C'est au

Sud qu'ils vont s'attarder, de fête en fête... Ils en ont bien pour six mois.

– Six mois de fête, glissa Louis d'Ixelles. C'est long. Mais le temps est une chose relative et il ne faudra que deux petites heures au Seigneur-Évêque pour se déshonorer : le temps d'un service solennel à Systèle, pas davantage...

– Mais peut-il faire autrement ? dit Emmanuel. Le motif de sa rébellion est mort – lors de l'assaut de janvier et pas de la fièvre en août, soit – mais de toute façon il est mort. L'évêque de Brimes est aussi seigneur de Brénilis, et comme tel le régent est son maître.

– Je pourrais comprendre qu'il lui rende hommage. Mais ce service à la mémoire du prince ? C'est lui qui a élevé cet enfant et qui a essayé si longtemps de le sauver : comment pourra-t-il prendre place à la gauche du régent dans la crypte de Systèle, pour chanter avec lui les psaumes de mort ?

– Le régent a dû l'exiger, pour se blanchir aux yeux du peuple.

– Seigneur, dit fièrement Chevilliers, vous pouvez tout et vous pouvez parfaitement exiger de moi que je livre ma sœur aux barbares : je ne le ferai pas.

Emmanuel éclata de rire, désarmé.

– Dieu m'en garde, dit-il. Je souhaite qu'Isabelle de Chevilliers connaisse un meilleur sort, croyez-le bien.

Il jeta un regard amusé sur Louis d'Ixelles, qui trouvait la sœur de son ami ravissante, et qui avait rougi.

*

Vers la fin du mois le froid céda un peu. Le vicomte d'Ulmes en profita pour convier ses amis, et le seigneur, à une journée de chasse sur ses terres. Et il y invita aussi le Maudit.

– Venez, insista-t-il en le voyant rester muet : s'il vous plaît. Je voudrais vous montrer Ulmes.

– Il faudrait que le seigneur y consente, dit enfin Oleg.

– C'est fait, répliqua le vicomte. Je lui en ai parlé tout à l'heure.

– Alors oui... Merci.

Il semblait ravi, et se fit longuement expliquer par Salvius, puis par Emmanuel, les subtilités de la chasse aux loups.

Le lendemain, à l'aube, il était l'un des premiers dans la cour, gai comme un enfant au seuil d'une journée de vacances, et s'amusait de voir s'affairer autour de lui les soldats de l'escorte. Emmanuel emmenait huit hommes – sans compter les deux gardes qui flanquaient toujours le Maudit. On avait levé la herse ; le soleil du matin faisait briller le cuir des selles et les poignées des armes. Pendant qu'on chargeait les havresacs le Maudit se mit en selle, le premier, et faute de pouvoir parler au seigneur fit part de son impatience à un garde :

– Dépêchons ! dit-il.

Emmanuel lui sourit, en bouclant les sangles de sa selle :

– Pressé ?

– Plutôt ! Je me sens d'humeur à tuer dix-sept loups !

– Dix-sept ? dit Emmanuel. Sans armes ? Peste ! Nous verrons...

Ce qu'il vit surtout ce fut le cheval du Maudit se cabrer, puis filer, au grand galop, franchir la herse au nez des gardes et foncer vers les collines. Tout avait été si rapide que la stupéfaction figea les assistants. Emmanuel réagit le premier, finit de rassembler ses rênes et sauta en selle :

– Vite ! cria-t-il.

Au début ils virent le Maudit devant eux ; mais de plus en plus loin. Il allait comme le vent, de repli en repli, et ne fut bientôt plus qu'une petite silhouette agile, là-bas, sur la crête... Il disparut ensuite tout à fait. On suivit sa trace jusqu'à la rivière. Là, on la perdit. Ni en amont ni en aval, sur l'autre rive, on ne trouva de marques de sabots. Le Maudit avait dû se laisser entraîner très loin par le courant, ou bien il était vraiment sorcier...

Emmanuel fit envoyer un chevaucheur à Ulmes dès qu'il fut de retour au château. Puis il attendit.

*

Quand le Maudit revint, à la tombée de la nuit, sa bête était couverte de poussière, et il ne valait guère mieux. Il mit pied à terre devant le pont-levis et attendit qu'on lui ouvrît la herse. Ce fut l'une des images que l'on devait conserver de lui à Louvars : sa marche à travers la cour, au milieu d'hommes parfaitement silencieux, jusqu'au seigneur debout en haut de l'escalier. Il allait lentement, une main sur l'encolure du cheval, et ses cheveux blonds brillaient dans le soir.

« J'espère qu'il a réussi, pensa Emmanuel – qu'il a fait ce qu'il voulait tant faire. Pour qu'au moins tout ceci ne soit pas inutile... »

Le silence se prolongeait et les soldats, surpris, attendaient. Il ne fallait pas si longtemps d'habitude au seigneur pour prendre une décision. Et à celle-ci d'ailleurs n'avait-il pas eu le temps de réfléchir, depuis le matin ?

Oleg avait baissé les yeux et ce signe ne trompa pas Emmanuel, qui le connaissait bien maintenant. « Il a peur, pensa-t-il. En ce moment, il a peur. Mais la peur ne le retiendra jamais. Je pourrais l'envoyer en enfer, avec cinquante ou soixante coups... s'il y survit il recommencera. »

Il vit Salvius, à quelques pas de lui, regarder le Maudit. Son vieux visage était triste. Un cheval piaffa, longuement, près de la herse.

– Bien, dit Emmanuel. Trois mois de cachot.

*

Pendant quelques jours Emmanuel fut très sombre. La pensée du prisonnier ne le quittait guère.

Il descendit à la tour le samedi soir, pour assister à une punition et retirer le bracelet du Maudit. On fouettait un voleur, un homme farouche et violent qui n'en était pas à sa première condamnation et qui hurla, sous le grand fouet, autant d'injures que de prières. On le mit ensuite sur une claie pour la nuit et le seigneur descendit plus bas encore, jusqu'aux cachots.

Ils étaient creusés dans l'épaisseur de la muraille, en sous-sol, et ressemblaient bien davantage à des niches qu'à des cellules. Celui du Maudit était le dernier, et le seul occupé en cet hiver glacé. Emmanuel avait pris une torche dans la salle et la glissa dans l'anneau prévu pour la recevoir, près des barreaux qui fermaient cette espèce de trou. Oleg était assis au fond. En voyant le seigneur il se leva.

Il portait la défroque des condamnés de la tour : des chausses et une tunique de drap brun. Ses pieds étaient nus.

Emmanuel décrocha le trèfle de son ceinturon, sans mot dire, et le Maudit s'approcha de la grille. Son bras passait entre les barreaux. Il baissait les yeux et son visage n'exprimait rien. Quand le bracelet fut défait il retira son bras et recula.

Maître Aubin, en haut de l'escalier suintant, reprit la torche des mains du seigneur.

– Je ne l'ai pas entendu, dit-il. Deux ou trois fois, pour son bracelet... pas très fort. À part ça, rien. Il ne m'a pas encore parlé. Est-il au secret aussi ?

– Oui, dit Emmanuel. Et qu'il y reste.

*

Pendant plus d'un mois Emmanuel et le Maudit n'échangèrent pas une parole. Le samedi soir

Emmanuel enlevait le bracelet et le dimanche soir il le remettait. Oleg ne le regardait pas et ne restait jamais près de la grille plus longtemps qu'il ne le fallait : il reculait très vite au fond de son trou à rats. La lueur de la torche, d'ailleurs, semblait blesser ses yeux.

Il y avait un peu de paille dans un coin de la niche. Une cruche d'eau et quelques bassines dans l'autre. Rien de plus. Les pierres nues. La seule clarté, très faible, venait d'une étroite meurtrière ouverte tout en haut de la muraille d'en face.

Il avait maigri : ses yeux semblaient très grands dans son visage creusé. Il était sale aussi, et ses cheveux en paraissaient moins blonds. Sur la main qu'il passait entre les barreaux Emmanuel vit une fois la trace d'une morsure.

– Il a crié cette nuit, dit Maître Aubin quand il l'interrogea. Et hier aussi, deux fois : plus fort que d'habitude.

*

Privé de son étrange ami, Salvius était sombre lui aussi.

– C'est long, trois mois, dit-il un soir. Et qui vous dit, Seigneur, qu'il ne trouve pas ça pire que le fouet ?

– Il le trouve certainement pire, répondit Emmanuel. Et tant mieux : il y regardera à deux fois avant de tenter une autre sortie.

– Il est revenu de lui-même.

– Salvius... Il ne doit pas se trouver hors de l'enceinte sans moi, qu'il ait l'intention de revenir ou non, et il ne doit pas communiquer avec qui que ce soit. Son protocole... son protocole fait partie de l'ordre du monde. Ou bien je l'applique ou bien je les renvoie l'un et l'autre au régent : il n'y a pas d'autre possibilité. Je suis sûr que tu peux comprendre cela.

– Le régent a tué lui aussi.

– Ce n'est pas lui qui a condamné Oleg, c'est le tribunal de l'île.

– Il aurait dû être condamné à mort.

– C'est aussi mon avis. Mais il ne l'a pas été.

– Il ne l'a pas été parce que le régent a eu un caprice...

Emmanuel baissa la tête, attentif à dompter cette sombre colère qui naissait en lui.

– Salvius, dit-il ensuite, depuis que je suis seigneur de Louvars j'ai prononcé dix-sept condamnations à mort. Si je ne respecte pas la sentence d'un autre tribunal je ne suis rien d'autre que dix-sept fois un assassin.

– Mais il y a d'autres lois que celles des tribunaux... Vous savez bien qu'il ne mérite ni la mort ni le bracelet vert.

– Pourquoi, Salvius ? Qu'est-ce qui le met au-dessus des lois ? Sa jeunesse ? Son intelligence ? Son courage ? Choisis...

Acculé, Salvius enfourcha un autre cheval :

– Mais pourquoi le cachot ? Et pourquoi si longtemps ? Pouvez-vous imaginer ce que cela doit être, un bracelet vert et un cachot ? Pouvez-vous vraiment ?

– Je crois que je peux.

– Il ne tiendra pas trois mois.

– Et qu'est-ce que c'est, « tenir » ? Il tiendra ou il ne tiendra pas, à sa guise. De toute façon il est là-bas pour trois mois et il y restera trois mois.

– Vous êtes dur...

– Non, dit Emmanuel. J'ai seulement un grand fief à défendre.

Il ajouta, avec un peu d'amertume :

– Vous seriez tous beaucoup moins en sécurité que vous ne l'êtes, s'il m'arrivait de ne pas punir assez, ou de remettre une punition.

Il pensa que le Maudit savait cela, lui. Mais il ne le dit pas, pour ne pas blesser le vieil astrologue. À lui aussi son petit compagnon du soir manquait. Sa drôlerie, son sourire, sa fierté et son surprenant courage. « C'est un piège, pensa-t-il une fois de plus. Pour lui comme pour nous tous cette histoire est un piège. Mais lui va y mourir... »

– Il tiendra, dit-il gentiment à Salvius. S'il a pu s'arranger de son bracelet je serais surpris que trois mois de cachot aient raison de lui.

*

Au début de février il se mit à faire très froid. La main que le Maudit tendait au seigneur à travers la grille était glacée, et il frissonnait sous sa mince tunique.

Il ne parlait pas, bien sûr, puisque Emmanuel ne le faisait pas. Mais il lui arrivait maintenant de lever les yeux, pour quelques secondes. Et aussi de sourire. Emmanuel sentait pourtant qu'il commençait à souffrir vraiment de sa claustration – du froid, de la solitude, de la saleté et du silence. Il lui parla, un dimanche soir, avec autant de naturel que s'il ne s'était pas tu depuis presque deux mois.

– Avez-vous assez à boire ? demanda-t-il.

– Oui, répondit le Maudit. Merci.

Dès lors Emmanuel lui adressa toujours quelques mots. Le Maudit y répondait, mais n'allait pas plus loin : apparemment il n'avait rien à dire. La tension qui l'habitait montait, pourtant. Emmanuel n'aurait pas pu dire à quels signes imperceptibles il la décelait, mais il en était très conscient.

Un dimanche soir, alors qu'il remettait le bracelet et retournait la main d'Oleg pour fermer le taquet il sentit les doigts du prisonnier, très maigres, se crisper brusquement entre les siens. Il hésita, un éclair de seconde. Ce n'était jamais arrivé encore. Mais il devait être trop tard, la goutte était déjà tombée sur la peau... Il abaissa le taquet, reprit le trèfle et lâcha la main. Oleg penchait la tête, accroché aux barreaux. L'effort qu'il faisait sur lui-même pour ne pas crier le faisait trembler, comme toujours. Ce ne fut ni très long ni très violent et il se détendit bientôt. Mais la douleur lui avait enlevé beaucoup de ses défenses, et cette fois il regarda vraiment Emmanuel. Il y avait encore de la fierté dans ses yeux gris. Mais aussi une angoisse insupportable. Il se détourna aussitôt et recula.

*

Cette semaine-là, il neigea. Un vent glacé hurlait sur le château. Emmanuel ne pensait pas au Maudit sans un serrement de cœur. « Encore un mois, se disait-il. Un peu plus : cinq semaines. Il ne tiendra pas jusque-là. »

Il ajoutait, pour lui-même cette fois : « Mais qu'est-ce que c'est, « tenir » ? Il est entré là le 20 décembre et il n'en sortira pas avant le 20 mars... »

Le samedi soir, le Maudit était debout contre un mur quand Emmanuel apparut, et serrait ses bras autour de ses épaules, glacé. Il ressemblait exactement à l'un de ces nomades sales et maigres qui couraient les côtes : et son regard, comme le leur, était sombre et désespéré. Il se décolla du mur, s'approcha de la grille et tendit son bras. Quand Emmanuel retourna sa main pour soulever la plaque d'or il vit que les jointures de ses doigts saignaient. Il avait dû frapper le mur de ses poings fermés.

– Vous ne devriez pas faire ça...

– Je n'ai que ça à faire, répondit Oleg.

Sa voix était très basse. Il faillit ajouter autre chose, puis y renonça.

– Oui ? dit Emmanuel.

– Est-ce que je peux savoir depuis combien de temps je suis ici ?

– Deux mois et quelques jours. Nous sommes le 23 février : vous sortirez le 20 mars.

– Merci. Je ne savais plus.

Il s'était remis contre le mur, et de nouveau serrait ses bras autour de lui. Emmanuel s'éloigna avec la torche. Et derrière lui l'obscurité retombait.

*

Le lendemain soir, par contre, Oleg paraissait mieux. « J'ai vu une mouette, dit-il au seigneur. Si, par la meurtrière d'en haut, là-bas, un éclair... Elle était jeune, et fière comme un printemps. »

Le souvenir de cet instant de beauté fit briller ses yeux. Puis il sourit.

– Mais vous n'aimez pas les oiseaux, dit-il.

Il regardait Emmanuel, tout en rabaissant sur le bracelet la manche de sa tunique. Que lut-il dans ses yeux sombres ? Il lui sourit, de nouveau.

– Je vais très bien, dit-il.

Emmanuel ne répondit pas. Ces derniers mots l'effrayaient un peu, pour ce qu'ils supposaient de noblesse dans l'âme du Maudit.

*

Le samedi suivant, Oleg ne se leva pas tout de suite quand Emmanuel s'arrêta devant la grille de son cachot. Il était assis sur la paille, au fond, et ne semblait pas savoir ce qu'on lui voulait. Emmanuel prononça son nom, doucement.

– Nous ne sommes pas samedi, dit Oleg.

– Si, répondit Emmanuel. Nous sommes samedi et il est minuit.

Oleg se leva, en s'appuyant au mur, et s'approcha des barreaux. L'état de ses mains fit frémir Emmanuel. Et lui-même regarda avec un peu de surprise celle qu'il tendait.

– Ça saigne beaucoup, dit-il. Et je voudrais aller voir la mer... C'est possible ?

– Non, dit Emmanuel.

Il ouvrait le bracelet. Oleg en retira son bras et le regarda, nu.

– Ça finira par me manquer, dit-il. Cette bête des enfers accrochée à moi. Sur la grève, quand on a revu la forêt, je ne savais pas ça. On s'habitue.

Il regarda Emmanuel, et ses yeux étaient pleins de terreur :

– Il fait si froid... dit-il. Pourquoi fait-il si froid ?

*

Le lendemain soir il était de nouveau assis dans le recoin le plus sombre de son trou, et apparemment aussi surpris que la veille de voir apparaître Emmanuel. Il lui redit d'ailleurs exactement ce qu'il lui avait dit vingt-quatre heures auparavant :

– Nous ne sommes pas samedi.

– Non, mais nous sommes dimanche.

– Ah. Dimanche. Le bracelet.

Il se leva, et glissa contre le mur comme s'il n'avait pu se passer de son appui. La lumière de la torche lui faisait mal aux yeux : il mit une main devant son visage pour s'en protéger.

– Il fait de plus en plus froid, dit-il. Est-ce qu'il neige ?

– Pas aujourd'hui.

– Il est mort, savez-vous ?

Il avait parlé très bas. Emmanuel lui tendit le bracelet et le regarda le passer autour de son poignet.

– Qui ? demanda-t-il doucement.

– Florimond. Florimond de Belques. Il est mort.

Il tendait son bras. L'état de ses mains était assez effrayant. En pesant le moins possible sur les doigts meurtris, Emmanuel referma le bracelet.

– Darcier m'attendait dans l'autre île, dit Oleg. Il paraît qu'elle est couverte d'œillets au printemps. Florimond est mort, il me l'a dit. Ils avaient mis leurs peaux de loups... Vous n'y étiez pas, n'est-ce pas ? Là-bas ?

– Non.

– Darcier non plus. Mais il a vu les cuisiniers... Les avez-vous vus ?

– Non, répéta Emmanuel.

Un sentiment qu'il avait très peu connu jusque-là l'écrasait : la honte. Il se força à sourire, pourtant.

– Il reste dix-sept jours, dit-il. Essayez de ne pas trop abîmer vos mains.

*

Après cela il ne vit derrière les barreaux qu'un somnambule, qui tendait un bras distrait dès qu'on l'en priait, et faisait à peine une légère grimace quand on touchait ses mains ensanglantées. Il semblait surtout avoir froid. D'après Maître Aubin, il ne mangeait presque plus.

*

Il sortit de là le matin du 20 mars, dans un état de maigreur et de saleté qui affola Salvius. Et curieusement absent, comme si le monde extérieur ne le concernait plus.

– Il dort, dit Salvius le soir. Il a demandé qu'on le réveille pour neuf heures, et depuis il dort. Seigneur, vos cachots sont épouvantablement sales...

– Je crois qu'il a surtout souffert du froid. Tu as soigné ses mains ?

– Oui. Rien de cassé.

À neuf heures, le Maudit apparut dans le bureau d'audience. Emmanuel se tut pendant que le garde liait les poignets du prisonnier, et se remit ensuite à interroger son intendant. Quand il fut de nouveau seul il commença à reporter sur un registre les chiffres fournis par Loumelles. De temps à autre il regardait Oleg, qui semblait à dix lieues de là. Ses cheveux lavés avaient retrouvé leur blondeur. La danse des flammes dans la cheminée le fascinait visiblement, mais vers dix heures il recula de quelques pas, pour s'adosser au mur. Dans son visage très amaigri le dessin des mâchoires, net et ferme, frappait.

Il n'avait pas vu Emmanuel l'observer si attentivement, lui à qui rien n'échappait d'habitude. Peut-être même avait-il oublié où il était. Quand le seigneur se leva il sursauta, et s'éloigna du mur. L'effort qu'il faisait pour reprendre pied dans la réalité était lisible dans ses yeux – et il parla le premier.

– Oui ? dit-il.

Aussitôt, il rougit. C'était la première fois qu'il faisait cette faute-là. Il n'osa pas l'aggraver encore en s'excusant et baissa le nez.

– Je n'ai pas entendu, dit Emmanuel. Mais si vous êtes devenu distrait vous allez vous attirer des ennuis.

– Pardon, dit le Maudit.

Il ajouta, avec un peu de son ancienne malice :

– Je ferai attention : j'ai horreur des ennuis.

Et, aussitôt :

– Si j'ai des cachots à moi un jour, je les ferai chauffer. Les vôtres sont de vraies glacières. On y oublie tout ce qu'on sait.

– Désolé, dit Emmanuel. Vraiment désolé.

Le Maudit eut un petit rire, et ses yeux brillèrent :

– Je ne vous en veux pas, dit-il. Vous ne pouvez veiller à tout.

Lui seul, parce qu'il était si peu de chose, pouvait se permettre de railler ainsi le seigneur de Louvars. Et celui-ci se mit à rire à son tour.

– Venez voir la carte, dit-il. J'ai besoin de vos lumières.

Il lui commenta chacun des petits drapeaux piqués sur la grande carte murale, et lui résuma les rapports des trois derniers mois de patrouilles. Ni sur la plage ni dans les terres on n'avait relevé le moindre signe d'activité. Et les deux expéditions faites au-delà des frontières n'avaient été que des promenades : pas un homme, nulle part. Deux villages brûlés. Les autres abandonnés.

Le Maudit n'en tira rien de bien clair. Mais il trouva significatif ce qu'Emmanuel avait considéré comme un détail sans importance : l'installation de Rilor dans un camp fortifié.

– Il doute peut-être de son pouvoir, puisqu'il veut l'afficher... Ou bien il vous imite. Et dans ce cas il suivra vos règles de combat. Vous avez vu ce camp ?

– Non, malheureusement. C'est un bruit qui court dans les fermes.

– Croyez-vous que les barbares aient des mouettes, eux aussi ?

Étrange question... Emmanuel regarda son prisonnier, avec une vague inquiétude.

– Oui, dit-il. Ils en ont certainement.

– Ils ont peut-être des oiseaux que je ne connais pas, continua Oleg. Ce serait une bonne surprise. Dans les textes veltes on trouve des noms que plus aucun oiseau ne porte : rossignol, colibri...

Sans faire la moindre pause il dit, vite :

– J'ai froid.

Et, presque aussitôt :

– Je ne vous le dirai pas, Seigneur.

*

Pendant quelques jours il eut encore de ces curieuses absences, comme si le souvenir de ce qu'il venait de vivre s'abattait brusquement sur lui et l'isolait du monde. Ensuite il redevint tout à fait lui-même.

Les blessures de ses mains se cicatrisaient. Mais il ne pouvait toujours pas tenir de rênes, et n'accompagna donc pas la patrouille d'Emmanuel jusqu'aux bornes du sud.

Cette invitation, d'ailleurs, avait semblé beaucoup le surprendre.

– À ce propos, avait dit Emmanuel...

Un peu de crainte était passée, rapide, dans les yeux du Maudit.

– Vous venez de faire trois mois de cachot. Si j'ai à vous y renvoyer ce sera pour quatre mois. Et cinq ensuite. Quand vous en serez à y passer deux ans je pense que vous vous tiendrez tranquille. Je vais donc continuer à vous convier à nos sorties.

– Merci, avait répondu Oleg. Votre obligeance, Seigneur, est vraiment admirable.

Dès qu'il put écrire il se remit à la traduction du dernier texte velte, interrompue trois mois auparavant. Et il l'offrit bientôt à Emmanuel.

– En hommage reconnaissant, plaisanta-t-il.

Le poème s'achevait par deux vers étranges qu'Emmanuel lut tout haut : « Sur le visage de l'homme mort, qui peut être certain du nom qu'il a écrit ? »

– Curieux, dit-il. Curieux et parfaitement impossible.

– Pourquoi ?

– Écrire un nom « sur » un visage ? Et « mort » ?

Le Maudit, ici, eut son rire d'enfant.

– Je vous ai traduit trois complaintes et quinze poèmes, dit-il. J'aurais sans doute mieux fait de vous traduire des règles de grammaire.

Comme il le faisait chaque fois qu'il craignait d'avoir dépassé certaines bornes, il baissa le nez.

– Pardon, dit-il. La grammaire a aussi son charme. Mais écoutez...

Il redit, en velte, les vers litigieux.

– Leur chanson est douce, elle a l'air d'un reproche, sans colère, à peine un peu triste... Non ?

– Non, sourit Emmanuel. Pour moi ce sont les notes qui cachent des chansons, pas les mots. Je n'ai pas dû assez regarder les oiseaux.

– Ah, peut-être, dit Oleg. C'est un début d'explication.

Il souriait, amusé. Il avait grandi depuis son arrivée à Louvars, Emmanuel en prit soudain conscience. Il avait besoin du barbier depuis peu, et ses épaules s'étaient élargies. Quinze mois auparavant il se tenait là, dans cette même pièce, derrière un fauteuil, vêtu de poussière et de silence – et Ryvat avait eu cette étrange expression de terreur...

Emmanuel refit le rouleau du poème, pensivement.

– Avez-vous toujours aimé les oiseaux ? demanda-t-il.

– Oui, dit Oleg doucement. Du plus loin que je me souvienne – bien que je n'aie pas de passé, bien sûr. Ils sont libres, ils sont seuls. Et sans péché. Ils ressemblent à l'été qui ne concevrait pas l'hiver, à l'enfant qui ne se sait pas mortel, au criminel avant son crime... à tout ce qui ignore la défaite.

– Parce que le crime est une défaite ?

– Et sans doute la plus grande. Demandez au régent si...

Il s'arrêta net.

– J'y pensais, dit Emmanuel : je pourrais aussi bien vous le demander à vous.

Il vit s'ouvrir, dans les yeux gris, comme une petite blessure – mais qui s'effaça aussitôt.

– J'ai souvent lu les minutes de votre procès, dit-il. Je voudrais savoir quelque chose de vous... Disent-elles vrai ? Toutes ? Absolument vrai ? I e plus petit détail ?

– Oui, dit Oleg.

– Mais étiez-vous conscient ? Vous souvenez vous de vos actes ? Maintenant, là, ce matin... vous en souvenez-vous ?

Oleg avait baissé les yeux. Il regardait les dalles de pierre.

– Je n'ai oublié aucun de mes actes, dit-il.

– Vous ne ressemblez pas à votre crime...

– Peut-être que si.

– Vous n'êtes pas cruel.

– Qu'en savez-vous ? Vous ne m'avez connu que désarmé...

Dans les yeux gris fixés sur les siens Emmanuel vit ce qu'il ne s'attendait certes pas à y trouver : de la pitié. Et de nouveau cette blessure...

– Excusez-moi, dit-il. J'abuse de mes droits, et je n'en ai déjà que trop.

Oleg eut un petit sourire et reprit, très vite :

– Nous en étions au velte, non ? À ce poème que vous admirez tant ?

– Le velte... dit Emmanuel. Vous souvenez-vous de nous avoir fait, à Salvius et à moi, très peu de temps après votre arrivée ici, une déclaration en velte qui vous avait fait rire aux éclats ?

– Je pense bien, dit Oleg. Ça ne s'oublie pas. « Malina vassim Systéléma oulme.«

Ses yeux brillaient de malice.

– Je vois que c'est toujours aussi drôle, dit Emmanuel.

– Toujours, sourit Oleg. Je vous le traduirai un jour et vous en rirez aussi. Mais souvenez-vous de mes paroles, Monseigneur de Louvars : vous en rirez de moins bon cœur que moi.

*

La première caravane arriva quand les jonquilles des collines fleurirent. On redonna des fêtes à Louvars et on y reçut surtout des nouvelles, dont certaines étaient très surprenantes. Ainsi le service solennel à la mémoire du prince avait bien eu lieu à Systèle, et le Seigneur-Évêque y avait bien assisté, debout à côté du régent. Dieu s'en était-il offensé ? Le régent avait subi, depuis, plusieurs attaques de cette fièvre du centre de l'île, si redoutée...

Quant au Seigneur-Évêque, qui continuait sa tournée des fiefs, il avait bel et bien l'intention de pousser jusqu'à Louvars et Larvey, malgré l'absence de route.

On apprit aussi que le fils du régent s'était marié en janvier avec la fille cadette du seigneur d'Illyrie, et que la jeune femme, très belle, était déjà grosse.

– Une nouvelle dynastie, disait Salvius. Quand le régent sera mort, s'il doit mourir, son fils deviendra roi, et dans cent ans d'ici qui se souviendra de l'enfant de Brénilis ? L'Histoire tourne, et elle a ses déchets...

À cela Chevilliers osa répliquer un jour, pour taquiner le vieil homme :

– Serais-tu poète, Salvius ? Cet enfant était peut-être le dernier des imbéciles, et celui qu'attend Madame d'Illyrie peut très bien être le grand roi dont tu rêves !

Emporté par l'indignation Salvius jeta, sans prendre garde au Maudit qui se trouvait là :

– « Sang d'assassin vaut moins que l'eau... »

Le silence gêné qui suivit l'alerta. Il regarda Oleg et rougit.

– Oui, oui... dit précipitamment Chevilliers. Et quand viendra le Seigneur-Évêque, à votre avis ?

Un seul rire répondit à leur maladresse : celui du Maudit justement. Son livre à la main, ses yeux clairs brillant d'amusement, il riait de si bon cœur que tous finirent par l'imiter.

– Mais l'eau est bonne, Salvius, dit-il. Précieuse et fraîche et pure...

IV

Le Seigneur-Évêque arriva à Larvey à la mi-avril, et y resta trois jours. Il poussa ensuite jusqu'à Louvars. Seul, et pour n'y demeurer qu'une nuit. C'était un petit homme doux et courtois, recroquevillé sur ses quatre-vingts ans, mais au regard plein de force encore.

– Mon fils, dit-il à Emmanuel, je vous visite enfin... On m'a souvent reproché de négliger mes enfants du Nord – mais vous voyez, je suis venu.

Il admira Louvars, s'en fit présenter les vassaux, expliquer les particularités. Et il goûta fort son vin de noyer.

– Je sais que Louvars n'a pas de Dame, dit-il. N'y songerez-vous pas bientôt, mon enfant?

– Je n'ai que vingt-six ans, dit Emmanuel.

– Il faudra pourtant prendre femme, pour assurer votre descendance et apaiser votre cœur.

Emmanuel se demanda avec amusement si le Seigneur-Évêque avait fait tout ce chemin pour lui proposer une épouse. Mais non. Il n'en fut plus question.

Il avait souhaité dîner seul avec son hôte. Les vassaux se retirèrent donc, à la nuit tombante. Installé dans un fauteuil confortable et bien pourvu de vin de noyer, l'évêque semblait plein d'allant et résolu à faire vraiment la connaissance de son plus lointain fils.

– Votre tâche est difficile, dit-il : ces barbares, bien sûr, qui vous touchent de près... Mais voyez-vous, on vous dit sans pitié.

– On se trompe, coupa Emmanuel : j'ai grand pitié de mes vassaux et de tous ceux qui dépendent de moi.

L'évêque lui lança un regard perplexe et pensa sans doute que ce grave jeune homme ne devait pas être facile à sermonner. Il changea de sujet, prudemment :

– C'est bien vous qui avez le Maudit de Varielles en garde ?

– Oui. Depuis près d'un an et demi. Vous le verrez à neuf heures, à moins que sa présence ne vous importune...

– Du tout, mon fils. Je l'ai confessé lors de son passage à Brénilis, après son procès, et je ne l'ai pas oublié. Une pauvre âme égarée... Mais il restait en lui comme une étincelle... S'est-il repenti ?

– Je ne saurais dire, Seigneur. Il ne parle jamais de cela.

– Cependant, dit l'évêque gravement, notre passé nous suit toujours : ainsi, veillez à vos actes.

Il parla ensuite de son long voyage à travers l'île, de la douceur du climat du Sud, et des gondoles qui voguaient sur les bassins de Systèle. Quand on introduisit le Maudit il en était aux fêtes somptueuses qui avaient précédé le mariage du fils du régent. Il se leva, pendant que le garde attachait les poignets d'Oleg, puis alla vers lui, les mains tendues.

– Mon fils, dit-il, vous souvenez-vous de moi ? Je vous ai vu, voici plus d'un an, quand vous avez traversé mes terres avec le comte de Ryvat. Nous avions longuement parlé... En avez-vous gardé mémoire ?

– Oui, Monseigneur, dit le Maudit. Vous m'aviez témoigné beaucoup de bonté.

Il se tenait devant l'évêque, très droit comme toujours, et son regard était clair.

– Si vous voulez vous confesser à moi de nouveau, dit le vieil homme – je penserai honorer Dieu en vous écoutant.

Emmanuel sourit. Les formules désuètes employées par l'évêque l'amusaient. Et dans les yeux d'Oleg aussi un peu de malice brillait.

Il acquiesça pourtant. Emmanuel s'écarta d'eux et s'en fut à l'autre bout de la grande salle. Ce petit évêque avait d'étranges façons, mais il ne manquait pas de grandeur : comment l'imaginer debout dans la crypte de Systèle, priant pour un enfant mort – à côté de l'assassin ?

Son devoir envers Dieu accompli – et cela ne lui prit qu'une dizaine de minutes – le Seigneur-Évêque revint à Emmanuel, et au vin de noyer.

– J'ai assisté aux noces de Messire Louis avec Madame d'Illyrie, dit-il. Notre prochain roi, mon enfant, puisque Dieu a permis...

Le regard d'Emmanuel le gêna-t-il ? Il rougit, légèrement.

– Les voies de Dieu sont impénétrables, dit-il. Qui sommes-nous pour les comprendre ? Cet homme sera notre prochain roi.

– On le dit violent et puéril, dit Emmanuel.

L'évêque le regarda, surpris.

– Dans le Nord, sourit Emmanuel, nous parlons droit. Qu'il soit ce qu'il veut : quand il aura été sacré à Brénilis je lui obéirai. Mais j'en penserai toujours ce qu'il me plaira d'en penser.

– Il vous faudra être plus prudent bientôt. Le régent est aux prises avec la fièvre, vous l'a-t-on dit ? Si Dieu le rappelle à lui...

– La fièvre, glissa Emmanuel. Voilà qui est étrange. La fièvre, comme le prince de Systèle.

– Mon enfant, dit l'évêque, Dieu est le maître et il a disposé du prince de Systèle à sa convenance. Rien ne se fait ici-bas sans sa permission.

Emmanuel se tut. L'évêque s'était retourné, alerté soudain : derrière lui, près du mur, le Maudit s'était penché en avant et un bref gémissement lui avait échappé.

– Qu'a-t-il ?

– Rien, dit Emmanuel. Son bracelet.

Saisi, l'évêque regardait le Maudit. Il se retourna ensuite, et il était un peu pâle.

– C'est souvent ? chuchota-t-il.

– Très souvent, répondit Emmanuel : mais avec la permission de Dieu, bien sûr, sans quoi rien ne se fait ici-bas.

L'évêque sourit, pour la première fois. Son visage ridé s'en illumina.

– Vous avez le cœur droit et tranchant comme une épée, dit-il. Dieu vous bénisse, Seigneur : je suis heureux d'être venu jusqu'à vous. Dites-vous toujours ce que vous pensez ?

– Oui, dit Emmanuel. Ou bien je me tais. Et si nous faisions tous de même notre royaume serait un grand royaume.

La visite épiscopale, en somme, s'était bien passée. Emmanuel s'en souciait assez peu mais ses vassaux se félicitaient d'habiter un fief où le Seigneur-Évêque de Brénilis avait, enfin, posé le pied.

Des nouvelles de Systèle arrivaient régulièrement, par chaque caravane. Le régent s'affaiblissait de plus en plus. Dieu lui avait envoyé la plus lente et la plus pernicieuse des fièvres, celle que l'on nommait, avec crainte, la fièvre des verveines. Un des derniers sorciers de l'île, Ralsug, le liseur d'herbes, avait été sommé de l'aider. Il s'y était refusé. Et on l'avait pendu.

Ce qu'il avait crié au pied du gibet courait l'île : « Rien n'est écrit... Les temps sont proches où le sang des lâches tarira à la source... Surveillez bien la course du soleil, Systéliens : si le monde tremble sur ses bases il se lèvera au nord et pas à l'est, un matin... »

Ralsug avait été très respecté et ces sinistres prédictions en faisaient frissonner plus d'un.

Pas Messire Louis cependant, qui préparait sans vergogne son sacre à Brénilis. Il aurait très bien pu se faire sacrer dès l'annonce officielle de la mort du prince, le trône se trouvant alors libre. Mais le Seigneur-Évêque lui-même, disait-on, l'avait persuadé d'attendre que les esprits s'apaisent et que la mort de son père lui rende un semblant de légitimité, en refaisant de lui ce qu'il était aussi, après tout : le seul cousin du prince mort.

Il tenait à ce que Madame d'Illyrie soit à ses côtés le jour du sacre, contrairement aux usages anciens, et la robe que l'on préparait pour elle faisait rêver les jeunes filles. « Or sur soie, brochée d'or, rebrodée d'or... »

– Et pourquoi pas ? raillait Emmanuel. Il y a bien des cercueils d'or...

C'était un beau printemps, fleuri jusqu'au bord des grèves. Oleg était très gai, malgré cette étrange fatigue qui l'accablait parfois. Sur ses poignets, les traces des dents des anneaux s'effaçaient peu à peu. Il travaillait avec Salvius des heures entières et galopait dans les collines avec la patrouille d'Emmanuel.

Il n'avait plus jamais fait aucune tentative de sortie. La vigilance d'Emmanuel, pourtant, sur ce sujet-là, ne cédait pas. Quand il quittait le château avec le Maudit celui-ci ne devait se mettre en selle qu'après lui, et ses gardes ne le lâchaient pas d'un sabot ensuite.

Il les supportait mal, visiblement, et cela n'étonnait personne car ils tenaient d'Emmanuel des ordres très rigoureux. Ils ne quittaient pas leur prisonnier des yeux et le suivaient de très près dès qu'il se trouvait seul : Oleg ne parlait d'eux qu'avec rage.

– Ce sont d'immondes sangsues, dit-il un soir à Emmanuel. De répugnantes créatures du diable...

Il souriait, mais sa voix trahissait une telle exaspération qu'Emmanuel, surpris, ne répondit pas.

– J'imagine que c'est un supplice comme un autre en enfer, continua Oleg. Ces regards qui vous collent à la peau, comme autant de gluantes limaces...

– Ils ne doivent pas vous quitter des yeux une seule demi-seconde.

– Par Dieu, ils ne le font pas !

– Donneriez-vous beaucoup pour être libéré d'eux ?

– Ma chemise, Seigneur...

– Et votre parole de ne plus quitter l'enceinte ?

– Ma parole ? Mais le tribunal de Systèle m'a retiré l'honneur, il y a seize mois... Croyez-vous qu'il m'ait laissé une parole ?

– Vous n'avez pas de chance, sourit Emmanuel : aucune parole au monde ne saurait me paraître plus sûre que la vôtre. Pouvez-vous me donner celle-ci ?

– Non, Seigneur.

– Alors vous garderez vos sangsues.

Oleg se mit à rire, soudain.

– Vous êtes plus chat que nature, dit-il.

*

Il fut donné au chat, qui avait pourtant beaucoup de serviteurs, d'attraper la souris lui-même, par une belle nuit de la mi-mai.

Il revenait d'Ixelles, où Louis l'avait chargé d'une demande officielle pour la main d'Isabelle de Chevilliers, et faisait déjà des plans pour célébrer dignement l'événement. Ce serait la première fois qu'il présiderait lui-même aux noces d'un vassal.

Son escorte le suivait d'assez loin : ce fut vraiment lui qui aperçut cette silhouette indistincte blottie contre un pilier du vestibule, immobile et vêtue de sombre...

– Tiens, dit-il, Messire le Maudit... Vous cherchez vos gardes ?

Le Maudit ne répondit pas. Il avait dû se glisser là en entendant les pas d'Emmanuel dans l'escalier d'honneur. On le voyait à peine ; mais ses cheveux clairs brillaient dans la pénombre. Emmanuel le prit par le bras et lui fit quitter l'abri du pilier.

– Je vais vous aider à les retrouver, dit-il. Il me semble que vous n'aimez pas vous passer d'eux très longtemps... et ils ne doivent pas être loin.

Oleg résista quelques secondes, puis renonça et baissa la tête.

– « Bien, murmura-t-il. Vingt. »

Il avait parfaitement imité le ton d'Emmanuel, et celui-ci se mit à rire.

– Mais pas du tout. Je suis certain que vous n'aviez pas de mauvaises intentions.

Il remit le Maudit à sa propre escorte, qui apparaissait à son tour, avec ordre de le ramener chez lui.

– Et bonne nuit, dit-il, certaines portent conseil, paraît-il...

*

Le Maudit ne lui en voulut pas. L'amitié qui les liait était si grande maintenant que rien ne pouvait plus l'atteindre. Et le prisonnier avait pour son gardien une admiration sans borne.

– J'aurais aimé vous ressembler, dit-il une fois.

Touché, Emmanuel lui sourit :

– Voilà un beau compliment. Que m'enviez-vous ?

– Votre calme, votre droiture... Vous auriez fait un grand roi, Seigneur.

– Dieu me garde de déranger jamais l'ordre du monde ! Me prenez-vous pour Messire Louis ?

– Certes non. Je vous prends pour l'homme le plus digne de ce nom qui ait jamais vécu.

Cette fois-ci, Emmanuel rit tout à fait. Les excès du Maudit l'amusaient toujours.

– Merci, dit-il. Mais savez-vous ce que je vous envie, moi ?

– Oui, railla Oleg : mon bracelet.

– Non... l'agilité de votre esprit. Peste ! Il va plus vite que votre diable de cheval noir...

*

Ce printemps-là, comme tous les autres, les caravanes ne cessaient de se croiser sur les routes de Systèle. Lorsque l'une d'elles quittait Louvars on avait deux ou trois jours de répit, pas davantage, avant de voir les chariots cahotants de la suivante apparaître sur la crête.

Si le Maudit se trouvait dans la cour quand on levait la herse, ses gardes l'immobilisaient maintenant. L'un d'eux tordait son bras derrière son dos et l'autre crochetait sa ceinture. Ils ne lui faisaient pas mal s'il ne bougeait pas. Beaucoup de caravaniers devaient se souvenir, plus tard, d'avoir aperçu ce prisonnier en entrant à Louvars, coincé entre deux soldats, les yeux brillant de curiosité. Dès que la herse retombait on le lâchait. Il frottait son épaule endolorie et se lançait à l'assaut des chariots. Aucun habitant de Louvars ne passa plus de temps que lui, cette année-là, à interroger les voyageurs. D'où venaient-ils ? Qu'avaient-ils vu ? Comment teignaient-ils leur drap ? Quel crime avait commis l'homme attaché aux ridelles, et d'ailleurs comment se rendait la justice dans cette caravane ? Étaient-ils tanneurs, teinturiers, bateleurs ou cordonniers depuis longtemps ? Combien de jours avaient-ils mis pour monter de Tiardes ? Étaient-ils passés par Montereau ? Dans quel état avaient-ils trouvé la route ?

Il s'intéressait à toutes les techniques utilisées par les artisans. On le vit démonter des horloges, tresser des paniers et tanner du cuir. Mais il aimait surtout les conteurs. Pensait-il, avec Salvius, qu'eux seuls détenaient vraiment l'âme de Systèle ? Lorsque l'un d'eux prenait la parole il s'installait aux premières loges, flanqué de ses gardes bien sûr, et ne bougeait pas de là avant la fin de l'histoire.

On parlait beaucoup de magie dans ces interminables récits ; de fées, de charmes et d'antiques malédictions. La mort du Seigneur-Roi y tenait une grande place. On en faisait une épopée, le bateau en s'abîmant dans la Styjalles déclenchait un raz de marée, un cataclysme, un orage de fin du monde... « La terre alors s'ouvrit sous les eaux, psalmodiait le conteur, comme il était écrit de toute éternité, et tout y disparut, le roi, son fils aîné, ses ministres et son escorte... Ne se dit-il pas qu'en gerbe d'eau noire le Seigneur-Roi s'étendit sur Systèle entière ? »

On ne contait rien sur le régent, comme s'il n'eût pas existé. Prudence ou dédain ? Par contre l'histoire mélancolique du petit prince de Systèle enflammait ces âmes simples, encore embuées de sorcellerie. « Aux carrefours des pistes on voit parfois l'enfant blond. Il faut le saluer, mais non pas le regarder, parce qu'à sa mort s'est arrêtée la pendule des temps anciens... »

Les amours de la reine Valine obtenaient leur succès habituel. Quel répertoire de conteur aurait pu se passer des folies de cette femme ? « Le barde se présenta au palais le soir du septième jour, vêtu de blanc, les roseaux promis à la main... »

*

Au début de juin le Maudit oublia les contes et les caravanes, pour s'isoler de nouveau. « Mon bracelet est de mauvaise humeur », dit-il à Chevilliers qui lui faisait des reproches.

Pendant près d'une semaine on ne le revit plus que pour sa faction du soir. De plus en plus pâle et de plus en plus las. Il n'eut de répit que le dimanche, mais ce jour-là même il ne sortit pas : il dormait. L'épuisement finit par avoir raison de lui et on l'entendit plusieurs fois crier. La nuit surtout.

Il reparut ensuite. Et sa première sortie fut pour l'audience réservée aux solliciteurs qu'Emmanuel donnait le jeudi matin. « Il lui est si facile de me parler ailleurs qu'ici, pensa celui-ci en le voyant entrer... Que peut-il vouloir, cette fois ? »

Il se tut longtemps. Le Maudit attendait, sans impatience, avec juste un petit sourire. Emmanuel céda, enfin :

– Et si je ne disais rien ?

– Trop tard, répondit Oleg.

Ils rirent, ensemble.

– Éclairez-moi, reprit Emmanuel : pourquoi venez-vous ici ? Nous nous voyons si souvent !

– Eh bien... Je pensais qu'ici il vous était plus facile de refuser, si vous préfériez refuser.

– Vous vous trompiez. Je peux refuser n'importe où.

Oleg eut un petit rire. Cette semaine de souffrance l'avait affaibli. Il était pâle et de grands cernes sombres creusaient son visage. Mais il se tenait aussi droit qu'à son habitude, levait haut son menton volontaire et pouvait encore, apparemment, rire de tout.

– Voilà qui vous ressemble bien, dit-il.

– Que puis-je pour vous ?

– Je voudrais m'entraîner à la salle d'armes.

– Vous ne pouvez pas porter d'arme.

– Pas en porter une... Seulement m'entraîner.

– Que dit le protocole là-dessus ?

– « N'ayant pas d'honneur à défendre, l'homme ne portera pas d'arme. »

– Rien d'autre ?

– Non.

Il sourit :

– Voilà qui est un peu fort... C'est vous le gardien, Seigneur, et vous ne connaissez même pas mon protocole par cœur.

– Êtes-vous sûr de connaître parfaitement ce qu'il dit des sorties de l'enceinte ?

Oleg se mit à rire.

– Égalité, dit-il. Eh bien, Seigneur ?

– Accordé.

Le Maudit, qui ne faisait jamais rien à moitié, se mit à passer chaque jour plusieurs heures à la salle d'armes. Il était d'une habileté diabolique et ce fut pour tout le monde un grand plaisir de croiser le fer avec lui.

– Pas très longtemps, raillait Chevilliers : il s'essouffle si vite...

Ce jeune écervelé avait appris, lui aussi, à ne plus montrer sa pitié au Maudit. Et à rire de son bracelet ou de sa fatigue, comme lui.

*

Sainte-Luce fit un soir une entrée très remarquée dans la cour. Il avait un prisonnier, ce qui arrivait assez souvent : mais c'était une femme.

Emmanuel suivait les règles édictées par ses ancêtres en ce qui concernait les barbares. Ceux qui étaient pris sur leurs propres terres étaient traités en guerriers : achevés ou échangés, suivant les circonstances. Ceux que l'on trouvait sur le sol même de Louvars étaient enfermés dans la cage de fer.

Cette femme avait une trentaine d'années. Quand Emmanuel s'approcha de la charrette légère où on l'avait jetée, tout un peuple curieux l'entourait déjà. Elle était rousse, maigre, et hurlait des injures dans sa langue.

– Elle est aussi sauvage qu'un homme, dit Sainte-Luce. Et elle était armée, Seigneur.

– Où l'avez-vous prise ?

– Sur la grève, près de l'île aux Oiseaux. Elle était seule. C'est bien la première femme que je vois passer leurs frontières.

– Perdue ?

– Je ne sais pas. Peut-être.

Un marmiton, sottement, déclara :

– Elle est faite comme nos femmes...

Emmanuel se mit à rire et l'adolescent, confus, s'éloigna des ridelles de la charrette.

– Elle était sur vos terres, Seigneur... dit Sainte-Luce. La cage ?

– Ne dites pas de sottises. Je ne fais pas la guerre aux femmes.

Il entendit derrière lui le rire du Maudit, si clair, et se retourna. Oleg et Chevilliers se tenaient au seuil de la salle d'armes, l'épée à la main, le front encore ceint de la bande de toile qui servait aux entraînements.

Oleg vit le regard du seigneur se poser sur son arme, rougit soudain, et tendit précipitamment l'épée à son ami. Ce fut au tour d'Emmanuel de rire.

– Venez la voir, dit-il.

Les deux jeunes gens s'approchèrent de la charrette. La femme s'était réfugiée dans l'un des coins, et serrait contre elle sa tunique de toile bise. Une large cicatrice sombre barrait son bras gauche.

– Qu'allez-vous faire d'elle ? demanda Chevilliers.

– Mais rien, dit Emmanuel. Que voulez-vous que j'en fasse ? Qu'en feriez-vous donc, vous ?

– Eh bien... je la pendrais. Ou alors je la marierais à un fermier. Ou alors... Je ne sais pas, Seigneur. Je ne sais vraiment pas.

– Et vous, Oleg ?

– Moi, dit le Maudit, je lui ferais donner un bon repas, si elle veut bien l'accepter, et je la ferais reconduire à l'endroit exact où elle a été prise.

Emmanuel lui sourit :

– Ce n'est pas mal. Je vais y ajouter un surcot de laine. Et vous la déposerez plus haut, Sainte-Luce : à sa frontière.

Il regarda encore l'étrangère, avec curiosité. Elle avait des dents gâtées et de très beaux yeux noirs. Le peuple qui se pressait autour de la charrette ne semblait plus l'effrayer, mais peut-être trouvait-elle l'insistance d'Emmanuel inquiétante : elle cracha dans sa direction.

– Donnez-lui du pain, du lard et un vêtement de laine, dit-il. Et ramenez-la avant la nuit.

Il se détourna. En passant à côté d'Oleg il jeta, narquois :

– Et vous, pas d'arme en dehors de la salle, s'il vous plaît.

*

C'était sur la suggestion du Maudit qu'on avait accroché sur un mur de la salle, l'été précédent, la grande carte de Systèle. Elle le fascinait. Il y traînait Salvius quand il prenait une leçon d'histoire et se faisait raconter par le menu le passé de chaque fief. Pourquoi ce pont, là, pourquoi ce détour de la route du roi pour éviter Brénilis, que cultivait-on surtout à Vauxelles et qui, de Combeval ou de Montereau, possédait l'île de Rouxe ? Sa curiosité était insatiable et l'apothicaire reconnaissait que son élève en savait maintenant, sur bien des sujets, presque aussi long que lui.

Il interrogeait souvent Emmanuel, le soir, quand celui-ci ne recevait personne, sur ce que lui seul pouvait lui dire et qui touchait à l'exercice de son pouvoir. Mais parfois le hasard lui ouvrait d'autres portes, ainsi le soir où il avait demandé, debout devant la grande carte :

– Voyez-vous quelquefois le seigneur de Combeval ? C'est votre voisin aussi...

– Un voisin côté sud, répondit Emmanuel, et qui n'a rien à craindre de la Pointe – nous n'aurions pas grand-chose à nous dire.

Une ombre était passée, rapide, sur son visage. Le Maudit était fin et sentit qu'il avait abordé là un sujet douloureux. Pour ne pas s'attarder sur les rapports entre les deux seigneurs il demanda, vite, au hasard :

– Est-il marié ?

Il ne pouvait choisir de plus mauvaise question et le regard d'Emmanuel s'assombrit encore.

– Oui, répondit-il pourtant. Depuis quatre ans. Avec la petite-fille du comte de Faulves. Jeanne.

Il répéta, presque malgré lui : « Jeanne. Jeanne de Faulves. »

Dès lors le Maudit savait tout. Emmanuel croisa son regard gris et ce qu'il y lut de compréhension le toucha.

– Je l'ai conduite à Combeval moi-même, dit-il. Elle avait dix-sept ans alors.

Il s'arrêta, et détourna les yeux.

– Oui, dit le Maudit, oui… et le seigneur de Montereau, le voyez-vous ?

*

Là-dessus, Rilor brûla une ferme sur la frontière, sans même prendre la peine de la piller. Puis une autre. Trois patrouilles furent attaquées et chacune d'elles perdit plusieurs hommes. Emmanuel conduisit une expédition punitive sur les territoires barbares et n'y croisa personne, une fois de plus : sur une bonne dizaine de lieues après la frontière, tout était calme et désert. Rilor sans doute attendait, plus loin… Lui aussi, maintenant, jouait au chat et à la souris.

*

Sur la crête, un matin, Oleg ralentit brusquement son cheval, puis se laissa glisser contre le flanc de la bête. Ses gardes réagirent avec une rapidité folle : en quelques secondes le premier s'était saisi des rênes pendantes et le second, à terre lui aussi, du Maudit qu'il ceinturait de ses bras. Emmanuel suivait de près et admira la manœuvre.

– Très bien, dit-il. Mais lâche-le : c'est son bracelet...

Il regardait les mains d'Oleg, crispées contre le cuir de la selle. Au-dessus du petit groupe arrêté un vol de mouettes planait, léger, et Louis d'Ixelles leva le nez pour les admirer. On était à la fin de juin et l'été s'installait.

– Où vont-elles ? demanda-t-il.

– Nulle part, répondit Emmanuel. Il est rare qu'elles s'éloignent de la côte.

Chevilliers était là aussi, et quand une plainte sourde échappa à Oleg il eut un juron.

– J'ai horreur de ça, souffla-t-il.

– Lui aussi, je suppose, dit Emmanuel. Et à mon avis plus que vous.

Le jeune homme ne répliqua pas, mais talonna son cheval et repartit seul vers Louvars. L'un des gardes d'Emmanuel se mit à rire. Puis il s'arrêta net, confus.

Oleg avait posé une main sur son épaule, et serrait, ce qui n'était pas bon signe : quand la douleur montait jusque-là, elle durait longtemps. Il ne bougeait pas, debout contre son cheval, le front appuyé sur la selle. Quelques longues minutes passèrent ainsi. Puis il lâcha son épaule, s'écarta du cheval, et son visage apparut entre ses cheveux blonds. Il vit les mouettes tournoyer, lui aussi, blanches sur le ciel bleu. Il tremblait encore et n'arrivait pas à reprendre son souffle. Ces accès de suffocation, assez pénibles, étaient de plus en plus fréquents. « S'il criait pendant, disait Salvius, il respirerait mieux après... mais il est plus têtu qu'un troupeau de mules. »

Emmanuel, à cela, ne répondait jamais rien.

Le Maudit se remit en selle trop tôt, ce matin-là, et dut redescendre un peu plus loin. Louis d'Ixelles n'avait pas le calme d'Emmanuel : il s'agitait nerveusement sur son cheval, partagé entre le malaise et la pitié. On repartit enfin. Au pas, cette fois.

Sur le pont-levis on croisa un chevaucheur. Il venait de Systèle. Le régent était depuis l'avant-veille entre la vie et la mort. « Il prie le Seigneur-Dieu », conclut l'homme.

– Qu'il le prie, dit Emmanuel : il en a grand besoin.

Porteur de cette dangereuse réponse le chevaucheur repartit, au grand galop.

*

– Mais ne craignez-vous pas, Seigneur, s'inquiéta le soir le vicomte d'Ulmes, que Messire Louis ne s'offense de vos paroles ?

– Non, plaisanta Emmanuel, je ne crains rien : on le dit très mauvais guerrier.

– Son père lui a peut-être donné des leçons, glissa Louis d'Ixelles. Il est très fort sur le sujet. N'avez-vous pas admiré, comme moi, la façon dont il a eu raison d'un enfant, voici dix-huit mois ? C'était d'un grand stratège et d'un fier capitaine...

– Riez, dit Emmanuel, riez... L'idée n'était pas si mauvaise d'enserrer les forêts dans un tel étau ! Souvenez-vous, trois mille hommes, qui avançaient pas à pas... Il a mis quatre mois pour leur faire atteindre les abords du Grand Couvent, certes : mais pendant ces quatre mois pas une âme n'a pu franchir les lignes. Pas une.

– Si, dit le duc de Ryves : le Maudit et Ryvat.

– Mais leur cas était très particulier, et l'armée savait qu'ils allaient la traverser... Imaginez-vous cette nasse se refermant lentement ? S'ils n'avaient pas trouvé les évêques au Grand Couvent ils auraient fini par les acculer à la mer.

– Magnifique ! dit Louis d'Ixelles. Douze évêques et un enfant sur la grève, le dos aux vagues, et trois mille hommes sur la ligne des dunes. Je maintiens, Seigneur : le régent est un fier capitaine !

« Trois mille hommes, pensa Emmanuel. Trois mille hommes sur la dune. Ils l'auraient fait, oui, et le Seigneur-Évêque devait le savoir : c'est sans doute pour cela qu'il n'a pas quitté le Grand Couvent avant l'assaut. »

Le duc de Ryves parlait de Messire Louis, maintenant, et de Madame d'Illyrie. Un groupe de nomades, venu avec la caravane de cordonniers qui occupait alors la cour, chantait une lente mélopée sous les fenêtres, et le soir tombait, très chaud. L'ombre envahissait déjà le fond de la grande salle. Emmanuel regardait distraitement la longue table, sur laquelle les servantes posaient les fruits. Il croisa ensuite le regard du Maudit et s'étonna de le trouver si sombre. De quoi Oleg s'inquiétait-il si fort, à cet instant ?

Debout contre son mur, et les mains liées comme toujours à cette heure-ci, il semblait las. Mais c'était devenu habituel, maintenant, le soir, et du moins il ne souffrait pas. Ses yeux ne quittaient pas ceux d'Emmanuel, curieusement attentifs. Il sourit, pourtant.

« Je demanderai sa grâce à Messire Louis en cadeau d'avènement, pensa Emmanuel. Il ne me l'accordera pas mais je pourrai peut-être obtenir un adoucissement de la peine. Cet homme est un lâche : il croira sans doute désarmer ainsi mon mépris... Et le Seigneur-Évêque m'appuiera. Je suis sûr qu'il m'appuiera. »

Il revit l'évêque s'approcher du Maudit, les mains tendues comme pour bénir – ou protéger. Aussitôt le visage de Ryvat se superposa à celui du vieil homme : Ryvat le soir de l'arrivée du Maudit, quand le masque du courtisan avait glissé et qu'un tel désespoir avait figé ses traits. « Trois mille hommes, pensa-t-il aussi. Pas une âme n'a pu traverser ces lignes. Pas une. Le Maudit et Ryvat. Eux seuls. »

Il se tourna vers le comte de Faulves, qui l'interrogeait sur les rapports des dernières patrouilles :

– Je ne crois pas, dit-il, qu'il faille...

Là-dessus il s'arrêta net, et devint d'une effrayante pâleur. « Monseigneur ? », dit le comte.

Emmanuel n'entendit pas. Assommé, il regardait droit devant lui et ne voyait plus rien. Il venait de tout comprendre, avec une fulgurante rapidité – tout ce qu'il aurait pu comprendre depuis longtemps déjà – et l'horreur le figeait tout entier. « Seigneur-Dieu... », dit-il. Et encore : « Seigneur-Dieu... »

Il leva la tête et regarda le Maudit. Pendant quelques instants ils restèrent immobiles l'un et l'autre. Autour d'eux les vassaux stupéfaits s'étaient pétrifiés eux aussi. Puis Emmanuel repoussa son fauteuil et le Maudit parla, vite :

– Non ! dit-il. Monseigneur, non, je vous en prie...

Emmanuel resta debout quelques instants encore. Puis il se rassit, au milieu d'un silence de mort. Il regardait la pyramide de fruits posée devant lui. « Seigneur, dit-il. Seigneur-Dieu. »

C'était la première fois qu'on lui voyait perdre son calme légendaire et la gêne fit éclater de rire Alexis de Chevilliers.

– Avez-vous eu une vision ? demanda-t-il.

– Oui, dit Emmanuel. Oui. Oui...

Il ne parla plus. On se remit, mal à l'aise, à s'entretenir du régent et du sacre de son fils.

Emmanuel n'entendait rien. Il avait su en quelques secondes, comme si la vérité lui avait été soufflée de l'extérieur. Maintenant il s'effrayait de son aveuglement passé, car enfin tout s'enchaînait, depuis le premier soir, avec une si grande évidence, et dans ce tableau nouveau le plus petit fait s'encastrait si parfaitement...

De Ryvat au Maudit, et du Maudit à l'évêque, on lui avait beaucoup menti. Mais très habilement, et par petites touches délicatement posées... « Il avait des yeux bleus », jetait le Maudit au détour d'une phrase. « Treize ans », glissait négligemment Ryvat. « Messire Louis sera notre prochain roi », déclarait l'évêque. Très peu de mots anodins avaient suffi à recouvrir la vérité d'un épais voile noir – mais seuls avaient parlé ceux qui voulaient mentir, ceux qui devaient absolument mentir, et si l'on écartait leurs propos que restait-il de sûr, sinon ce croisement rapide de deux destins, à Brénilis, un soir où la mort approchait ? Cela, ils n'avaient pas pu le cacher, parce que les gardes de Cassage y avaient assisté avant d'être remplacés par ceux de l'évêque...

Il releva les yeux. Oleg s'était approché de la fenêtre et regardait la mer. Sous ses cheveux clairs on ne voyait que son profil, net et pur. L'horreur de ce qu'il vivait à Louvars depuis près de deux ans accabla soudain Emmanuel. Il le revit crier sur les remparts et lever les bras vers les anneaux de la tour. D'autres images lui revinrent, furtives : un corps couché sur une claie, la main blessée d'un prisonnier autour d'un barreau...

Alexis de Chevilliers prit congé le premier et ses amis ne s'attardèrent pas. L'étrange humeur de leur seigneur ne leur donnait aucunement l'envie de prolonger la soirée.

Quand le dernier de ses hôtes eut quitté la salle, Emmanuel regarda de nouveau son prisonnier. Ce qui dominait en lui maintenant, c'était l'incrédulité, tant il lui semblait inconcevable que l'existence de cet adolescent, debout à dix pas de lui, si mince et si pâle, puisse avoir à elle seule tant de conséquences. Son regard s'attardait sur cette silhouette qu'il connaissait si bien, sur la chemise blanche, les cordes qui entouraient les poignets, le dessin si ferme de la bouche... Il croisa enfin les yeux clairs, emplis de pitié Et il rougit.

– Je regrette, dit Oleg. Vous avez compris quelques mois trop tôt.

Emmanuel secoua la tête, comme pour se réveiller. Puis il prit son poignard d'argent sur la nappe et le fit tourner entre ses doigts.

– Mais je donnerais beaucoup pour avoir compris plus tôt encore, dit-il. J'aurais pu vous épargner le pire.

– Non, dit Oleg. C'est bien le pire qui m'a sauvé. On ne pouvait vraiment pas me chercher où j'étais, avec ce bracelet au poignet, et sur vos claies...

Emmanuel baissa les yeux, et le Maudit se mit à rire.

– Pardon, dit-il. Oubliez les claies. Je n'ai rien dit.

« Il ne mourra pas, pensa Emmanuel. Il ne mourra pas. » Une joie qui n'avait rien à voir avec l'histoire de Systèle naissait en lui. Sauvé, l'adolescent blond de l'île aux Oiseaux, ironique et fier...

– Ne vous gênez pas, dit-il. J'aurai ce titre-là, au moins : je serai le premier pair de Systèle à avoir fait fouetter son roi. Je doute qu'il y en ait jamais un autre. Quel âge avez-vous, Seigneur ?

– Dix-sept ans. Bientôt dix-huit.

« Il avait seize ans quand il est arrivé ici, pensa Emmanuel. Seize ans. Presque un enfant encore.

Quelle force était en lui pour qu'il ait pu supporter tout cela ? »

– Pourquoi ne m'avez-vous rien dit ? Au début, oui, je comprends – mais après ?

– Je ne pouvais pas, Monseigneur. Nous avions promis. Notre serment est là-bas, à Brénilis. Nous avions tous promis de nous taire. Même pour vous je ne pouvais pas... Que feriez-vous d'un roi parjure ? Vous surtout, et ceux qui vous ressemblent ?

– Rien, dit Emmanuel. C'est vrai, Seigneur. Rien, ou pas grand-chose. Mais c'était un piège si parfaitement refermé sur vous que c'en est effrayant.

– Vous étiez aussi dans le piège, dit Oleg. Et Florimond, et les enfants du Grand Couvent, tous...

Il se tut : son garde entrait. Emmanuel regarda l'homme le délier, enrouler la cordelette autour de son bras, et sortir. Oleg s'était adossé au mur et frottait ses poignets, machinalement, comme chaque soir. La fatigue creusait son visage et le vieillissait.

– Monseigneur... dit-il. Puis-je m'asseoir, maintenant que... ?

De nouveau, Emmanuel rougit.

– Soyez généreux, dit-il, et ne vous moquez pas de moi. S'il vous plaît. Ce château est à vous tout entier, avec ses chaises et son seigneur.

– Je me souviens, sourit Oleg. L'ordre du monde.

Il s'assit en effet, et passa une main sur son front. Il respirait mal. « Tout ça est sinistre », murmura Emmanuel.

– Non, dit Oleg. C'était cela ou la mort.

– Faut-il l'enlever ?

– Le bracelet ? Surtout pas.

– On en meurt très bien aussi.

– Je le sais. Mais c'est plus long que cela. Et rien n'est irrémédiable avant les tout derniers jours.

Il sourit, un peu tristement.

– Même cela, Seigneur, je ne pouvais pas vous le dire. Vous étiez enfoncé bien plus avant que moi dans le piège. Je savais qu'il s'ouvrirait un jour. Pour vous il n'y avait pas d'issue.

Il se tut, et se retourna vers la mer sur laquelle la nuit, maintenant, s'étendait.

– Du jour où vous m'avez donné ce verre d'eau à la tour, reprit-il, votre fardeau m'a toujours paru plus pesant que le mien. Je ne...

Il s'arrêta net et eut un léger cri. Certaines douleurs étaient si aiguës qu'il se laissait encore surprendre. Emmanuel baissa les yeux. Sur la nappe, son poignard abandonné brillait. Il le prit et le remit à sa ceinture. Mille et mille questions se pressaient en lui – trop de questions. « Plus tard, se dit-il. Il était vivant, cela suffit. » Il regardait les mains de ce revenant, crispées sur le bord du banc, et le flot de cheveux clairs qui cachaient son visage. « Mais pourquoi ? pensa-t-il. Est-ce qu'une telle cruauté peut avoir un sens ? Tout a dû se passer très vite et ils n'avaient rien pu prévoir : on l'a seulement jeté sur un cheval, un soir, pour l'envoyer tout droit en enfer... »

L'enfer, ç'avait été lui aussi. Il revit Oleg, le soir de son arrivée, lever un bras pour se protéger quand le seigneur inconnu s'était approché de lui, et il eut honte. « Pas Oleg, pensa-t-il soudain. Renaud. Renaud-Foulques de Systèle. Et le vrai Maudit, où est-il ? Seigneur-Dieu, c'est une histoire sinistre... »

Oleg venait de se redresser, et fermait les yeux, épuisé cette fois. Il resta ainsi quelques minutes. Puis il sembla reprendre vie.

– Ce bracelet est plein d'à-propos, dit-il. Depuis ce matin il n'arrête pas. Désolé.

Sa voix était lasse mais l'essoufflement, pour une fois, ne la gênait pas. « Tout cela doit avoir un sens, pensa Emmanuel. Il faut que cela en ait un... »

– Que dois-je faire ? demanda-t-il.

– Rien, répondit Oleg. S'il vous plaît, rien. Le régent n'est pas mort, je n'ai pas dix-huit ans : il faut attendre.

– Quand aurez-vous dix-huit ans ?

– En octobre. Le 12 octobre. Dans quatre mois.

Un léger sourire éclaira son visage, pour un instant :

– Vous pouvez une chose, une seule : libérez-moi de mes sangsues, avant que je ne les étrangle...

Il se crispa de nouveau, et baissa la tête :

– Puis-je me retirer, Seigneur ? S'il vous plaît...

*

Emmanuel le revit dès le lendemain matin, très tôt, dans la cour. Il pâlit brusquement et Sainte-Luce, qui se tenait à ses côtés, le regarda avec curiosité. Avait-il déjà entendu parler de l'étrange conduite qu'avait eue la veille le seigneur de Louvars ?

Oleg s'approcha d'eux. Comme tous les habitants nobles du château Sainte-Luce lui adressait quelques mots anodins chaque fois qu'il le rencontrait, pour lui permettre de parler lui-même.

– M'attendiez-vous ? dit-il ce matin-là.

– Non, Capitaine, répondit Oleg. Je cherchais un cordonnier réveillé. Mais ils dorment tous comme des marmottes, dans cette caravane...

Il semblait gai, et détendu. La fatigue ne s'abattait sur lui qu'au milieu de la journée, en général, quand son bracelet ne s'en mêlait pas. Il regarda Emmanuel, et celui-ci vit dans ses yeux un peu d'amusement. Puis il se détourna et traversa la cour, seul.

– Mais où sont ses gardes ? s'étonna Sainte-Luce.

– Je les lui ai retirés hier soir.

Sainte-Luce dut penser que c'était là bien de l'imprudence. Il n'en dit rien d'abord. Puis son amitié pour le prisonnier l'emporta.

– Et s'il ressort ? dit-il.

– Il ne ressortira pas.

– Vous avez sa parole ?

Emmanuel eut un petit rire, soudain.

– Tiens ! dit-il. Vous croyez à la parole des Maudits, Capitaine ?

– À la sienne en tout cas, oui... Il vous l'a donnée ?

– Non. Mais il ne ressortira pas.

– S'il a quelque chose à faire dehors il ressortira, Monseigneur.

Il fallait au capitaine un certain courage pour insister ainsi. Emmanuel lui sourit, touché.

– Non, Sainte-Luce. N'en parlons plus.

Cette fois-ci, le capitaine se tut. Les hommes de sa patrouille se rassemblaient d'ailleurs près de la herse. « Nous passerons par les Pierres-Tranchantes, dit-il. Et puis à l'ouest, sur quatre lieues. Ne comptez pas sur nous avant la nuit. »

– Bien, dit Emmanuel.

Il les regarda sortir. Trois patrouilles étaient hors de l'enceinte ce matin-là. Il n'en lançait jamais plus à la fois.

Il entendit un rire derrière lui et tourna la tête. Oleg sortait des écuries avec un garçon vacher. Ils portaient le grand seau de fer que l'on posait chaque matin, empli d'eau fraîche, à la porte de la tour. C'était la première eau que rencontraient les proies de Maître Aubin au sortir de ses griffes et la plupart des soldats savaient d'expérience quel prix elle avait après des heures de souffrance. Le seau n'était jamais vide.

Ils passèrent à quelques mètres du seigneur et le petit paysan eut un regard de crainte sur la haute silhouette sombre. Mais plus loin il se remit à rire, parce que le seau venait de heurter un pavé et que l'eau avait éclaboussé le Maudit.

– Faut faire attention... dit-il.

Il y avait déjà un soldat à la porte de la tour, ramassé sur lui-même contre le mur. C'était l'heure où on les libérait. Oleg s'accroupit près de lui, rinça le gobelet, le remplit d'eau et le tendit à l'homme. Emmanuel s'approcha : le garçon vacher décampa aussitôt.

– Je lui fais peur, sourit Emmanuel.

– Oui, dit Oleg. Vous faites peur, en général.

Emmanuel regardait ce très jeune homme accroupi devant lui, pieds nus dans ses sandales de nomade, et qui levait vers lui des yeux si clairs. Un peu de son incrédulité de la veille lui revenait. C'était là le roi de Systèle, pourtant...

Le soldat puni devait redouter fort Emmanuel, lui aussi. Il se releva, en s'aidant du mur, et s'éloigna pesamment.

– Je voudrais parler à Salvius, dit Emmanuel.

Il vit les yeux d'Oleg s'assombrir un peu.

– Si vous y consentez, ajouta-t-il. Mais il avait son fardeau, lui aussi...

Il se tut, puis reprit, presque brutalement :

– Levez-vous.

Oleg se mit à rire, raccrocha le gobelet à l'anse du seau, et obéit.

– Soit, dit-il. Parlez-lui. Mais ne lui assenez pas tout cela trop vite, prenez votre temps...

*

Emmanuel avait l'habitude de dire sans ménagement ce qu'il lui plaisait de dire. Mais il pouvait être habile quand il le fallait.

– Écoute-moi, dit-il à Salvius quand il le retrouva dans la salle, cet après-midi-là, écoute-moi bien. Tu as toujours prétendu qu'Oleg n'avait pas pu tuer ainsi. Tuer, oui, disais-tu : mais pas ainsi.

Salvius avait souvent dit cela en effet. Mais jamais devant le Maudit lui-même, et il lui jeta un regard embarrassé. Oleg lui sourit, pourtant. Il était debout contre un mur, et lisait.

– Et alors ? dit Salvius.

– Tu avais raison. Tu disais aussi que Maître Fortier, ni pour un royaume ni pour un empire, n'aurait pu mentir : tu avais raison aussi. Malheureusement tu t'arrêtais là, et moi aussi.

– C'est une énigme, Seigneur ?

– En quelque sorte, sourit Emmanuel. Et tu vas la résoudre. Ton Fortier n'a pas menti : le Maudit a bien tué, et de cette façon-là très exactement. Mais Oleg, non.

– Comment cela, Seigneur ?

– Oleg n'est pas le Maudit de Varielles, Salvius. Tu avais tout envisagé sauf cela et c'était pourtant cela : il n'est pas le Maudit.

– Mais...

La surprise figeait le vieux visage, bientôt remplacée par une sorte d'épouvante.

– Oleg n'est pas le Maudit ?

– Non. Il a seulement pris sa place. C'est difficile à imaginer, mais aussi sombre que soit le destin du Maudit il était encore préférable au sien.

– Mais qui est-il, alors ?

– Tu ne devines pas ? L'échange a eu lieu il y a dix-huit mois, à Brénilis...

– À Brénilis ?

– Oui. Quand Ryvat est passé devant le couvent d'Agathange et que le Maudit – le vrai Maudit – a demandé à se confesser...

– Mon Dieu, dit Salvius. Mon Dieu. Oh mon Dieu...

– Voilà, dit Emmanuel. C'est ça.

– Oh mon Dieu...

Oleg, de son mur, eut un petit rire.

– Ne me plains pas trop, dit-il. Il y a eu un peu de clarté. Survivre, d'abord. Et aussi votre amitié à tous les deux.

– Mon Dieu, dit Salvius. Mais comment... ? Mon Dieu...

Il se tut, accablé. Emmanuel lui apprit brièvement tout ce qu'il savait d'autre, y compris la mort tapie sous le cuir du bracelet, puis se tut lui aussi. À l'autre bout de la grande salle quelques servantes posaient sur des tréteaux la longue planche qui servait aux repas. L'après-midi tirait à sa fin, mais il faisait encore très chaud.

– Je savais tout, dit Salvius. Nous savions tout. Brénilis, l'armée, les derniers gardes qui étaient forcément ceux des évêques, et vous ne pouviez pas avoir dix-neuf ans, mais bon, on le disait – et cette marque sur votre épaule... Qui vous a fait cette marque ?

– Le Seigneur-Évêque. C'est le dessin du sceau de Brimes et le tracé a été joint à l'acte d'échange.

– Un acte a été dressé ?

– Mais oui. Nous l'avons tous signé, nous étions seize : les évêques, Ryvat, le Maudit, mon précepteur et moi. Il est dans la crypte du couvent d'Agathange. Nous avons aussi promis de nous taire : jusqu'à mes dix-huit ans, ou la mort du régent. Moi seul pouvais parler : mais seulement pour sauver ma vie.

Il regarda Emmanuel :

– Si vous aviez voulu me renvoyer au régent je vous aurais demandé un entretien particulier. Parce que lui, il avait vu le Maudit.

– Tout, répéta Salvius. Je savais tout, nous savions tout.

– Et moi je n'avais qu'une défense contre ce que vous saviez, dit Oleg : j'avais vu le prince et c'était un enfant. Un enfant aux yeux bleus. C'était peu de chose. Cent fois j'ai cru que vous alliez comprendre, quand la conversation devenait dangereuse et qu'on vous étalait tous les faits sous les yeux, bien classés – avec seulement quelques places vides, mais les pièces manquantes justement vous les aviez, vous...

– Et le bracelet ? dit Salvius. Il faut...

– Il ne faut rien, coupa Oleg. Je suis toujours le Maudit de Varielles – ou bien tout cela aura été inutile. Appelez-moi Oleg et maltraitez-moi comme d'habitude.

– Par exemple, protesta Salvius, je n'ai jamais...

Il s'arrêta, et se mit à rire. Un peu de vraie joie commençait à naître dans ses yeux.

– Ainsi vous étiez vivant, Seigneur-Prince... et ici. C'est une étrange histoire. Étrange et sombre.

– Je la trouve simple et claire, sourit Oleg, parce que je devrais être mort. J'avais la mort aux trousses depuis si longtemps, quand Ryvat est entré au couvent d'Agathange !

– Ryvat, dit Salvius, Ryvat... Comment a-t-il pu accepter cet échange ? Il est vassal du régent...

– Mais non. Il est du fief de Systèle et le fief de Systèle est au roi. Ryvat est mon vassal avant d'être celui du régent.

Il rit, soudain :

– Il le savait. Mais il avait si peur qu'il en bégayait, devant le Seigneur-Évêque, à l'idée du risque qu'il prenait. Il était entré si fier de sa mission, si fier aussi de l'humanité qui l'avait conduit à laisser le Maudit s'arrêter là pour se confesser ! Cependant l'ordre du monde compte, pour lui aussi : il s'est incliné.

– C'est vous qui avez pensé à cet échange ?

– Oh, certainement pas...

Il s'arrêta, puis fit un effort sur lui-même.

– C'est difficile de ne plus se taire, dit-il.

– Essayez, sourit Salvius. Je vous ai vu faire des choses plus difficiles encore... Ce n'est donc pas vous qui avez pensé à cet échange ?

– Non. Je ne savais à peu près rien, moi, sinon lire et écrire, parler le velte, attendre la mort et jouer... On n'apprend rien aux cadets des rois, par précaution, et quand il avait fallu y remédier je n'y avais pas consenti, pour le plaisir de narguer tout le monde, et par paresse : j'étais ignorant comme un âne. Mais je savais que j'étais soudainement devenu prince aîné et que je pouvais donc avoir des caprices. Cela je le savais bien. À part ça... je jouais. Quand le Maudit est entré dans la chapelle avec Ryvat, j'y étais. Je faisais une partie de bûchettes avec Florimond et Côme. Nous avons ri de lui, comme des enfants cruels que nous étions, parce qu'il marmonnait tout bas un long discours absolument incompréhensible et que tous les dix mots sa voix montait, puis redescendait...

Il s'arrêta, et une ombre rapide passa sur son visage.

– Le bas de sa cape a frôlé ma botte, dit-il. Cela m'a hanté longtemps. Sans cet homme, je serais mort. Je dois la vie à un crime : ce crime-là, pas un autre. Il s'est glissé dans mes os. Il m'arrive de penser que je suis aussi le Maudit, et que mon désir de vivre a guidé sa main, de Brénilis à Varielles, une certaine nuit.

– Sottises, coupa Salvius.

– Peut-être, sourit Oleg. Il ne m'a pas vu, en tout cas – je crois qu'il ne voyait personne. Il est allé dans une petite salle avec le Seigneur-Évêque. J'ai entendu Ryvat dire que les troupes du régent étaient à trois lieues, juste avant que la porte ne se referme. Elle s'est rouverte quelques minutes après, l'évêque m'a appelé et je me suis levé – voilà. Le temps des caprices était fini.

Il s'arrêta. Salvius lui jeta un regard inquiet : les exploits du bracelet vert l'avaient toujours durement touché, mais il avait une vague prescience de ce que le spectacle lui inspirerait désormais, et s'en effrayait d'avance.

Oleg ne souffrait pas, pourtant. Il se taisait seulement, pensant avoir tout dit. L'attente manifeste des deux hommes le fit sourire.

– Eh bien... dit-il. Le chaos régnait, derrière cette porte. Un clerc rédigeait les deux actes, un novice apportait à manger au Maudit, ils étaient au moins quatre à m'expliquer, ensemble, que Dieu m'offrait ce soir-là la seule chance de survie que j'aurais jamais, le Seigneur-Évêque réclamait un poignard à cor et à cri et l'apothicaire déboutonnait ma chemise... Le seul à rester immobile, c'était Ryvat, planté là, blanc de peur. Florimond rangeait les bûchettes. Il pleurait.

Il s'arrêta encore. Ni Salvius ni Emmanuel n'osèrent, cette fois, lui poser de questions.

– Florimond, dit-il. Florimond de Belques. C'était mon ami, presque mon frère. Nous avions grandi ensemble et tout partagé. Je devais être moine, et lui petit chevalier des collines de Cassage, mais un jour le destin a rebattu nos cartes... Je n'aimais que lui au monde. Il était gai, il était fier. Rien ne lui faisait peur, jamais. Ce soir-là il voulait partir avec moi et l'évêque n'avait ni le temps ni l'envie de lui expliquer pourquoi c'était impossible. Quand la marque a été faite sur mon épaule nous avons signé les actes. Florimond n'était plus là. Les évêques sont sortis pour renvoyer les gardes de Cassage et appeler quatre des leurs, Ryvat a retiré son bracelet au Maudit, il me l'a mis, on m'a poussé dehors... Il n'y avait pas une heure que le Maudit était entré dans le couvent.

Il posa son livre au coin d'un coffre, et parut hésiter :

– Voulez-vous vraiment savoir la suite?

– Oui, dit Emmanuel. S'il vous plaît. J'ai joué dans une pièce dont je ne connaissais ni le sujet ni le sens. Éclairez-moi.

– Mais c'était dans un autre monde et c'était à peine moi. Tout ça est si vieux. J'étais encore un elfe

– cet elfe dérisoire qu'est un prince-enfant. Nous galopions dans la nuit, Ryvat, les gardes de l'évêque et moi. « Pas si vite, Seigneur-Prince », criait Ryvat essoufflé... Je riais. En me quittant le Seigneur-Évêque m'avait dit : « Que Dieu vous garde, mon enfant. Vous êtes maintenant dans ses propres mains. » À dire vrai je trouvais les mains de Dieu beaucoup plus amusantes que celles de l'évêque. Jamais encore je n'avais chevauché ainsi sous les étoiles et nous avions traversé sans encombre les trois lignes des troupes du régent.

– Trois ?

– Trois, et serrées. Elles s'étaient ouvertes pour nous laisser passer, nous et la bannière du tribunal de Systèle que tenait un garde. C'était très surprenant : ces ombres menaçantes dans la nuit, qui étaient là pour moi et pourtant s'écartaient. Un officier a voulu voir mon bracelet. Pas pour vérifier, non ; il connaissait Ryvat et l'armée avait reçu des ordres à notre sujet. Par simple curiosité. Quand il l'a senti sous ses doigts il a ri et m'a traité de chien. Je me sentais très fort. J'étais sauvé, nous avions joué un bon tour au régent, Florimond me rejoindrait certainement, ou bien l'évêque me reprendrait vite, j'avais seize ans et la nuit était belle...

Il s'arrêta, et sourit à Emmanuel :

– Il s'était passé quelque chose d'étrange sous le bracelet, deux fois. Étrange et rapide. Ça serrait, ça brûlait. C'était pénible. Supportable pourtant et je me sentais tout à fait de taille à le supporter pour sauver ma vie. Mais un peu avant vos bornes ce monstre à mon poignet s'est vraiment mis en route. J'ai hurlé, j'ai voulu l'arracher de mon bras, j'ai supplié Ryvat d'arrêter ça... Ils me regardaient tous me tordre sur la piste, terrorisés. Après, j'en ai vomi d'horreur. Ryvat m'a enlevé le bracelet, à peu près aussi tremblant que moi, je me souviens que le trèfle est tombé dans l'herbe et qu'il a mis du temps à le retrouver... Nous avons rebroussé chemin vers Brénilis. Les gardes parlaient de vous : de vos anneaux, de la façon dont vous exécutiez les barbares, de votre cruauté. Ils n'avaient pas osé le faire auparavant, mais puisque nous n'allions plus à Louvars ils ne se gênaient plus. La marque sur mon épaule commençait à me faire mal et les étoiles semblaient lointaines et froides. Ryvat se taisait. Il a seulement dit, une fois : « Nous ne pourrons pas retraverser les lignes. » Et, plus tard, quand nous avons revu à l'horizon la masse des forêts de Brimes : « Seigneur-Prince : là-bas c'est la mort. » Je le savais. Fuir ailleurs ? Mais si le Maudit n'arrivait pas à Louvars comme prévu le régent comprendrait, et il ne lui faudrait pas une semaine pour me retrouver, hors de l'abri des bois... Nous nous sommes arrêtés. Ils me regardaient tous, sans parler. Nous étions au-dessus d'une grève. J'ai fait tourner mon cheval et je suis descendu seul jusqu'à la mer. J'étais glacé. Je voulais vivre, mais le prix à payer m'épouvantait. Pourtant il fallait payer. Je l'ai compris là, devant la mer : il fallait payer, et se taire. Je suis remonté. Ryvat m'a remis le bracelet et nous avons de nouveau tourné bride. Nous avons dormi dans un vallon, où cette horreur a recommencé... et nous avons galopé toute la journée suivante. Il fallait absolument arriver à Louvars avant le convoi officiel pour n'éveiller aucun soupçon, et d'après les calculs de Ryvat notre volte-face nous avait fait perdre à peu près toute notre avance. En fait, non, parce que le convoi avait eu des ennuis lui aussi et pris du retard. Quand le bracelet s'est remis en route, le soir, Darcier m'a pris en croupe : nous arrivions, on voyait votre tour.

– Darcier, dit Salvius. Vous l'avez appelé plusieurs fois quand vous déliriez.

– Ah, dit Oleg, peut-être, je ne sais plus... C'était le plus vieux de mes gardes et il était avec moi depuis ma naissance. Il m'appelait « Princinou », quand j'étais enfant... Sur votre pont-levis il l'a redit. J'étais épuisé et le bruit de votre herse m'a terrorisé tout à fait. J'ai reculé. Il m'a retenu par le bras et poussé en avant. Il a dit : « Princinou – allez-y – ici vous vivrez – ici seulement... » On vous voyait déjà descendre les marches, une silhouette sombre, et tous ces gardes... Je vous ai suivis en haut, Ryvat et vous, à trois pas, je n'avais pas l'habitude de marcher derrière qui que ce soit et j'étais bien assez enfant encore pour m'en étonner. Mais en fait je tenais à peine debout, j'étais dans une sorte de vague brouillard. En haut je vous ai mieux vu. Assis là, si calme. Et je vous imaginais regardant mourir vos barbares, pareillement assis et calme. Vous considériez Ryvat avec un dédain amusé. Moi vous m'aviez à peine vu.

– J'ai dû vous faire très peur ce soir-là.

– Et plus encore, sourit Oleg. Vous m'avez fait très peur pendant des mois, mais ce soir-là, avec votre calme, vos anneaux et votre cage à barbares, vous m'épouvantiez. Ryvat était sorti, il n'y avait plus que vous, il n'y aurait plus jamais que vous... Vous étiez en train de lire les papiers qu'on vous avait remis et moi je savais à peine ce qu'avait fait le Maudit. Il avait dix-neuf ans, il était de Varielles, il avait tué son père avec sauvagerie, je n'en savais pas beaucoup plus long. Si, je connaissais son nom, moi : Oleg de Virmes. Et je l'avais vu : il était fou, manifestement. Il avait eu le plus grand mal à signer l'acte d'échange, à Brénilis. On disait qu'il avait arraché les yeux de son père, ou sa langue... Vous lisiez tout cela et vous m'avez regardé, une fois, avec une sorte d'incrédulité. Vous m'avez tendu le protocole, ensuite. Ce soir-là je n'en ai retenu qu'une chose : je ne devais jamais parler le premier à aucun homme noble. Le reste je l'ai à peine compris, sinon que vous pouviez tout. Dans ma chambre j'ai vu Salvius. Méfiant, glacé...

– Non, dit Salvius. C'est vous qui étiez méfiant et glacé, Seigneur.

– Mais j'avais peur, dit Oleg. De tout. Le monde avait basculé si vite. Deux secondes, trois secondes, le temps de poser quelques bûchettes, pas davantage. Et je n'étais encore qu'un enfant capricieux. Les évêques trichaient sur mon âge depuis le début de l'aventure, pour que le régent ne prenne pas le mors aux dents en voyant approcher mes dix-huit ans : ils avaient dû finir par y croire eux aussi. Ils me passaient tout et ne m'ont jamais appris que l'orgueil. « L'enfant, disaient-ils, où est l'enfant-roi ? » Ce soir-là l'enfant était dans un grand château inconnu, le bracelet vert au poignet, livré à un tueur de barbares... Il fallait mourir, ou grandir. Et vite.

Il s'arrêta net.

– J'ai grandi, dit-il. Voilà. Cette fois c'est vraiment tout. Le reste, nous l'avons vécu ensemble.

– Il serait difficile de vivre pire, dit Emmanuel.

– Pourtant il y a eu pire, Seigneur : ce qui s'est passé au Grand Couvent. Mais je n'y étais plus. Les Soultes y sont entrés le soir du 17 janvier, un peu avant dix heures : j'étais dans votre bureau d'audience, je suppose, ou dans cette salle, pendant qu'on tuait là-bas.

– Le Maudit ?

– Pas seulement lui. Tous ceux qui avaient à peu près l'âge suspect, et calculé très large pour qu'on n'en parle plus : de dix à vingt ans, avait dit le régent. L'armée n'est pas entrée, elle encerclait le parc. Le régent se méfiait de ce qu'elle pouvait faire, mise au pied du mur. Mais les Soultes suffisaient. Ils avaient des torches et leurs manteaux de loups. Vous les avez déjà vus, Seigneur ?

– Non. Jamais.

– Moi non plus. Mais je les ai attendus si longtemps, là-bas, qu'il m'arrive de les voir en rêve. Depuis que j'avais l'âge de comprendre je savais que nous avions rendez-vous, eux et moi.

Il baissa les yeux, et sa voix se fit dure :

– Je n'y étais pas, dit-il. Comme il arrive souvent aux princes, je m'étais fait représenter.

– Ce n'est pas sur vous que pèse tout ceci, dit Emmanuel. N'êtes-vous pas soumis à l'ordre du monde, vous aussi ?

– Si... Mais l'image me poursuit. Ils ont rassemblé dans la douve tous ceux qu'ils voulaient tuer, Florimond de Belques, le Maudit bien sûr, et puis ce petit novice brun qui jouait si merveilleusement de la viole, et le plus jeune, que je n'avais fait que croiser, un berger des montagnes... L'enlumineur aussi, qui avait vingt-deux ans mais ne les faisait pas. Quinze. Au début ils étaient quinze. Personne n'a même cherché à savoir qui était qui. Ils ont fouillé partout, ils en ont trouvé trois encore, ils les ont jetés avec les autres dans la douve – et puis le dernier, Côme, qui étouffait sous un tas de paille. Celui-là ils l'ont si bien jeté qu'il s'est brisé les deux jambes. Florimond...

Une ombre passa sur son visage et Salvius, gêné, détourna les yeux. Mais déjà Oleg s'était repris.

– Que Dieu le bénisse, dit-il. Il avait quinze ans et beaucoup de courage. Même celui-là : il criait de ne pas tirer, qu'il était le prince de Systèle... Les évêques le lui avaient demandé, pour que ma mort soit bien certaine, et il l'a fait. On avait dû lui mettre ma cape blanche et ma couronne d'or, juste avant. Il y a gagné d'être tué le premier, et à peu près proprement. Après lui ils ont abattu les autres comme des lapins, un à un, du talus de la douve. Les évêques étaient enfermés dans la chapelle, ils priaient... Et pas pour moi, j'espère. Parce que moi j'étais en sécurité ici.

– C'est le musicien de la caravane qui vous a dit tout cela ?

– Il ne m'a rien dit, il m'a remis une lettre. Elle ne contenait que l'essentiel. Le reste, je l'ai appris beaucoup plus tard.

– Mais ce musicien... pourquoi n'est-il pas entré ?

– Vous êtes têtu, sourit Oleg. Vous m'avez déjà posé cette question. C'est tout simple : il a eu peur. L'évêque l'avait choisi jeune et parfaitement étranger à tout cela, ce qui pouvait être habile, oui... et il croyait n'apporter qu'une absolution à un criminel. Mais les caravaniers lui ont parlé de vous pendant le voyage, et la vue de Louvars l'a terrorisé. Il a joué près des murailles le petit air qu'il devait jouer dans la cour, celui des copistes de Brimes, que je connaissais bien – je n'ai pas vraiment réfléchi, je me suis glissé dans la caravane qui sortait, et c'était la fin de ce long cauchemar, j'en étais sûr, quelqu'un m'attendait là, pour me reconduire à Brénilis où l'on m'enlèverait cette abomination de cuir... Mais ce n'était pas cela du tout. Il n'avait qu'une lettre à me remettre. En velte, en velte ancien même pour plus de précautions, et très courte. Ce qu'elle m'apprenait était assez sinistre et vos anneaux, le soir, ne m'ont pas consolé.

Il regarda Emmanuel, avec un peu d'inquiétude.

– Ne regrettez rien, dit-il. C'était un piège, vous l'avez dit vous-même. Et lequel des enfants de la douve n'aurait pas préféré ma place à la sienne ? L'évêque ne me donnait pas leurs noms. Il avait seulement écrit : dix-neuf. « Restez où vous êtes, disait-il. C'est le seul endroit au monde qui soit sûr pour vous. Et tâchez d'avoir assez de courage pour payer à Dieu ces dix-neuf vies. » Il avait raison, bien sûr. Mais Florimond était agile et vif, j'espérais tant qu'il ait pu survivre, lui au moins... Sur votre claie, cette nuit-là, j'en ai désespéré. Je me suis pris en horreur et le monde avec moi. Vous êtes venu – pardon — vous amuser du spectacle et jouer avec ma soif, j'avais si soif...

Il sourit encore, de ce joli sourire qu'il avait, si doux.

– Votre eau m'a sauvé de la haine. J'ai pu croire en vous – donc en moi, et au sens de tout ceci. C'était un beau cadeau. Ensuite rien n'a été si sombre. Mais je n'ai plus rien su avant la visite de Ryvat, en septembre, et lui ne savait pas grand-chose. L'évêque l'envoyait surtout m'expliquer sa décision de me laisser là, et me parler du bracelet sur lequel il avait réussi à tout apprendre, ou presque. Il ne voulait pas que je m'effraie, et que je parle, en sentant mes forces décliner. Il me faisait dire aussi qu'il viendrait à Louvars au printemps. Les évêques avaient entrepris cette tournée des fiefs pour pouvoir me voir, au moins une fois, sans alerter personne. Ryvat s'était aussi chargé d'un autre message, à l'insu des évêques, et celui-là devait me coûter cher : Darcier était à l'île Verte, avec des nomades, et si je voulais, si je pouvais... il m'y attendrait.

– Mais pourquoi... dit Emmanuel, pourquoi n'est-il pas venu, lui ?

– Il ne pouvait pas : il m'y avait conduit, et c'est une espèce de géant roux qui ne passe pas inaperçu, vous le verrez... On aurait très bien pu le reconnaître pour l'un des gardes de l'évêque.

– Et c'est pour le voir que vous... Voulez-vous dire que c'est seulement pour voir ce garde que vous êtes si souvent descendu à ma tour ?

– Oui, dit Oleg. C'était folie, je le savais, mais je voulais le voir. Lui seul pouvait me dire ce qui s'était vraiment passé au Grand Couvent le 17 janvier, et si Florimond était mort. Je ne pensais pas qu'un seul enfant ait pu échapper aux Soultes, mais j'espérais que Florimond se serait enfui bien longtemps avant l'assaut, pour tenter de me rejoindre. Nous avions appris à désobéir ensemble, il l'avait peut-être fait une fois de plus. Je l'espérais tant. Je n'avais pas encore compris qu'il était condamné, dès le soir de mon départ, à mourir à ma place, et il me semblait parfois qu'il m'appelait, qu'il était à l'île Verte lui aussi, avec Darcier – si j'avais pu creuser vos murailles avec mes ongles je l'aurais fait, mais je n'arrivais pas à vous fausser compagnie, souvenez-vous, et le temps passait... Darcier m'a attendu trois mois. Quand j'ai réussi à sortir, le jour de cette chasse aux loups chez Ulmes, il était temps : les nomades comptaient repartir la semaine suivante. Darcier était seul à m'attendre, bien sûr. Il m'a tout raconté, les Soultes, la douve, Côme, l'enlumineur, les cris de Florimond... Je suis revenu. Je pensais revenir vers vos fouets – trente coups avec un peu de chance, quarante sans doute...

– Non, dit Emmanuel. Je ne m'y serais pas risqué. Vous respiriez déjà trop mal.

– Vos cachots sont beaucoup plus désespérants que vos fouets.

– Je sais. Mais je n'avais guère le choix.

Ils se turent, parce qu'une servante passait près d'eux, les bras chargés de fleurs pour la table. Elle était très jolie et sourit au Maudit.

– Lilas, dit-il quand elle se fut éloignée. C'est un prénom velte. Je me demande d'où elle le tient.

– Le velte ! s'exclama Emmanuel. Vous souvenez-vous de votre belle déclaration en velte ?

– Mais oui… Malina vassim Systéléma oulme : je suis le prince de Systèle. Je vous l'avais dit, Seigneur, vous voyez, et la première fois que je vous ai parlé velte à Salvius et à vous je vous ai raconté cet échange de Brénilis en long et en large. Je vous ai dit aussi un jour que la traduction vous ferait rire, mais sans doute moins que moi : j'avais raison, je crois…

– Je ne pourrai jamais en rire, dit Emmanuel. Jamais. Je serais mort volontiers pour ce prince-enfant, comme beaucoup de Systéliens je suppose… Le hasard l'a conduit chez moi, et qu'ai-je fait de lui ?

– Ne vous obstinez pas, dit Oleg en souriant. Que le hasard m'ait conduit chez vous je ne cesserai jamais d'en remercier Dieu. J'ai tout appris de vous, Seigneur. Je vous ai vu diriger Louvars, soir après soir, punir ou pardonner, entendre ou choisir de ne pas entendre… Je vous ai vu vivre aussi, et si je deviens ce que j'espère être je vous le devrai. Le Seigneur-Évêque vous parlerait des voies de Dieu…

– J'ai dû surtout vous paraître implacable.

– Non, Seigneur. Seulement d'une implacable droiture.

Il appuya sa tête contre le mur, et ferma les yeux. Emmanuel se demanda un instant s'il souffrait : il le cachait si bien maintenant qu'on pouvait parfois hésiter. Mais non. Il se redressa aussitôt.

– Et maintenant ? lui demanda Salvius.

– Maintenant, répondit-il, j'attends la mort du régent comme il a si longtemps attendu la mienne.

– Et s'il ne meurt pas ?

– J'attendrai le 12 octobre. C'est égal. Seulement un peu plus long. Le 12 octobre j'aurai dix-huit ans, et l'âge d'aller à Systèle demander des comptes.

– C'est-à-dire que le 11 octobre de toute façon, dit Emmanuel, vous m'auriez...

– Pas le 11, dit Oleg. Le 12. Le 12 octobre ceux qui savaient devaient rejoindre les évêques à Brénilis, pour se mettre à l'abri du régent, et moi vous prendre à part pour vous assener quelques vérités premières. C'est tout cela que le Seigneur-Évêque était venu me dire. Il voulait aussi savoir si nous pouvions nous fier à vous. Vous vous étiez écarté pour me laisser me confesser en paix...

– J'étais aveugle, dit Emmanuel. Tout était si clair pourtant. Les évêques n'étaient jamais venus à Louvars... Aveugle.

– Le rendez-vous était le 13 au matin, sur la frontière entre Brénilis et Louvars, un peu plus bas que l'île Verte. Nous devions traverser Tiardes. Mais le régent va mourir. Sans rien savoir. Et je n'aurai rien à vous apprendre en octobre.

– Je sais comment vous vous y seriez pris, sourit Emmanuel. Je vous connais bien maintenant. Vous seriez entré, vous auriez attendu que je parle pour pouvoir parler vous-même et vous auriez dit : « Monseigneur, je suis le prince de Systèle. »

– Sans doute.

– Oh, c'est sûr...

– Le Nord, dit brusquement Salvius. Le Nord. Ralsug. Il avait lu tout cela dans ses herbes. Vous savez, le sorcier qu'ils ont pendu, et ce qu'il a crié... Ce soleil qui se lèverait au Nord : mais c'était vous, Seigneur !

– J'avais compris, sourit Oleg.

– Vous avez dû souvent rire de nous.

– Cela dépendait beaucoup des humeurs de mon bracelet. Mais c'est arrivé, oui.

Il cita, moqueur :

– « Sang d'assassin vaut moins que l'eau... »

– « Oui, Monseigneur », cita Emmanuel à son tour : c'est sans doute cela que vous m'avez dit le plus souvent.

– Et vous, ce doit être : « Asseyez-vous. »

Il regarda Emmanuel, avec un petit sourire d'excuse :

– Pourriez-vous le redire ?

– Oui, dit Emmanuel, pardon – asseyez-vous – mais j'aimerais que vous vous passiez de ma permission, dont vous n'avez que faire, je pense...

– Plus tard, dit Oleg. Je tiens à la vie.

Il s'assit sur le coffre, à côté du livre. Brusquement il semblait très las.

– Et puis, dit-il, c'est encore mon royaume. Celui que l'on m'avait laissé, le seul, comme on jette un os à un chien. Trois pouces du cuir d'un bracelet – se taire et attendre l'heure fixée. J'ai voulu le conquérir avant de recevoir l'autre. Vous devriez pouvoir comprendre cela.

– Oui, dit Emmanuel.

– C'était long, dit encore Oleg. Et ce bracelet infernal fait si mal. Mais c'était simple. Une route si droite sous mes pas : seulement se taire.

Il eut un petit rire, soudain :

– J'ai beaucoup parlé ce soir.

Il sourit ensuite à Salvius, qui ne le quittait pas des yeux :

– Ne me regarde pas comme cela, dit-il. J'ai l'impression d'être une apparition.

– Eh bien, répondit Salvius, vous êtes une réapparition, en tout cas. Cet enfant mort était partout, comme une ombre...

– Seulement près de toi, sourit Oleg, et pas si mort, ni si enfant. Je vous écoutais, je vous regardais... Ici j'ai vu les hommes vivre à visage découvert. Aucun prince n'a cette chance, il ne voit jamais que des masques. À Systèle, bientôt, j'en serai entouré. Êtes-vous déjà allé à Systèle, Monseigneur ?

– Deux fois, dit Emmanuel. Pour rendre hommage au Seigneur-Roi, quand j'ai atteint l'âge d'homme – et lorsqu'il est mort. On parlait déjà de vous à son enterrement, et pour la première fois j'ai entendu quelqu'un dire : « Mais quel âge a-t-il exactement ? » Ce ne devait pas être la dernière...

– J'avais douze ans, dit Oleg. J'étais dans la cour du Grand Couvent quand la nouvelle du naufrage est arrivée à Brénilis. Je jouais à l'arc. L'évêque venait de renvoyer le chevaucheur, il était planté sur le seuil de la chapelle et me regardait comme s'il ne m'avait encore jamais vu. Il m'a fait quitter immédiatement ma robe de novice, là, dans l'allée... Cette folle histoire commençait.

– Elle finira sous la porte d'Or, dit Salvius. Parce que vous y passerez, Seigneur-Prince. Elle est à l'entrée de Systèle, sur la colline, et les rois seuls peuvent l'emprunter.

– Patimié millac ossir, sourit Oleg. Sinavié timal. Et cela je ne vous le traduirai pas. Je veux garder quelques petits secrets.

Le cri de la herse se fit entendre, dans la cour. Ulmes et Chevilliers dînaient ce soir-là à Louvars. Oleg se leva aussitôt.

– Où alliez-vous, dit Emmanuel, le soir où je vous ai surpris caché derrière un pilier du vestibule ?

– Je n'allais pas, Seigneur. Je revenais. Vous avez des servantes ravissantes et elles ne sont pas toutes sages.

Ils rirent, tous les trois. Puis Salvius murmura, songeur :

– Tout a été si sombre. Si sombre et si cruel.

– Oui, dit Oleg. Mais peut-être fallait-il qu'il en soit ainsi.

*

Pendant six jours encore rien ne changea à Louvars. La bannière d'Emmanuel flottait toujours seule au sommet de la tour et le Maudit portait toujours, au poignet gauche, son bracelet d'or et de cuir.

Le chevaucheur vint le septième jour, très tard. Il était jeune et la poussière des pistes l'avait tout habillé de gris. Quand on l'introduisit dans la grande salle il chercha des yeux, dans l'assemblée, le maître des lieux. Emmanuel se leva.

– Ah, dit le jeune homme, Monseigneur de Louvars... Le régent est mort, Seigneur.

Un petit silence pesa, puis Emmanuel s'inclina :

– Que Dieu le reçoive, dit-il suivant le rite, et que Systèle garde son nom.

– J'ai un autre message. Les Saints-Évêques de Brimes se sont réunis à Brénilis. Ils attendent... Ils attendent le prince de Systèle.

– Le prince de Systèle ? dit le duc de Ryves. Il est mort...

– Messire, dit le chevaucheur, je ne le sais pas. Les Saints-Évêques disent que non, qu'il a presque l'âge de régner, qu'il était en sécurité là où personne ne pouvait penser le trouver – qu'il va venir et qu'ils l'attendent. Le fils du régent a réuni sa garde soulte et s'est mis en route pour Brénilis lui aussi : si dans un mois le prince ne s'est pas présenté il se fera sacrer roi là-bas.

– Mais le prince de Systèle est mort... dit Faulves. Il y a un an et demi maintenant qu'il est mort, et c'était un enfant...

– Non, dit Emmanuel.

Il se rassit.

– Non, redit-il. Il est vivant et il a presque dix-huit ans. C'est une longue histoire, nous aurons des années pour en revivre tous les épisodes : je vais vous en dire l'essentiel en peu de mots.

– Il est mort, dit le duc de Ryves.

– Non, Ryves. Écoutez-moi. Reportez-vous seulement dix-huit mois en arrière, peu de temps avant l'assaut du Grand Couvent. L'escorte d'un condamné est passée par là, vous le savez, et vous savez qu'elle a pu franchir les lignes, elle, et elle seule. Les évêques ont vu là un signe de Dieu et leur seule chance de sauver le prince. Ils ont procédé à un échange. L'escorte est repartie avec un faux condamné et c'est un faux prince qu'ont tué les hommes du régent un peu plus tard. Ainsi, Messires... Ainsi, le Maudit...

Il s'arrêta.

– Oh, dit Alexis de Chevilliers, oh oh...

Un silence de mort s'abattit sur l'assemblée. Oleg, debout devant sa fenêtre, regardait tous ces hommes immobiles dont aucun n'osait se tourner vers lui.

– Je le sais depuis sept jours, dit Emmanuel. Sept jours, pas un de plus.

Il se leva de nouveau et dit, assez bas :

– Grand règne à notre roi, Messires, et que Systèle accueille son nom.

Quelques voix répétèrent le souhait rituel, effrayées elles aussi. Puis une tête se tourna vers Oleg – une autre – et toutes enfin.

Le chevaucheur avait suivi tous ces regards : il vit ce très jeune homme blond, debout contre un mur, les mains liées derrière le dos.

– Est-ce ici qu'était le prince ? demanda-t-il.

On ne lui répondit pas. De sombres images habitaient la salle. « Seigneur-Dieu, pensait Ryves, il sera redoutable... » Plus seul qu'il ne l'avait jamais été, Oleg ne baissait pas les yeux. Quand il rencontra enfin ceux d'Emmanuel, si graves, il sourit. Et l'ombre s'effaça de son visage.

Emmanuel alla jusqu'à lui pour défaire ses liens, et prit ensuite le trèfle d'or à sa ceinture. Pour la dernière fois Oleg lui tendit son bras.

– Merci, dit-il quand son poignet fut libéré du bracelet.

Ses yeux brillèrent de malice et il chuchota :

– Que dois-je faire maintenant ? Il y a trop longtemps que vous me traitez comme un chien, j'ai tout oublié... Que feriez-vous à ma place ?

– J'arrêterais de dire des bêtises, répondit Emmanuel très bas ; je ne vous ai jamais traité comme un chien.

– Par exemple ! Vous m'avez jeté dans la vase, un jour... Et à part ça, que dois-je faire ?

– Vous asseoir à ma place et présider le repas. Et puis renvoyer le chevaucheur à Brénilis pour convoquer les évêques et les pairs ICI : après tout vous serez roi, et c'est ici que vous êtes.

Il sourit, lui aussi :

– Qu'ils vous attendent aux limites du fief où ils vous ont laissé, Seigneur : ce sera justice.

*

Il fallut plus d'un mois au chatoyant convoi d'évêques et de pairs pour monter jusqu'à Louvars. Emmanuel et le prince suivaient son avance, au fil des arrivées de chevaucheurs.

– Vous ne redescendrez pas avec nous, disait le prince : cela ferait trop plaisir à Rilor. Mais d'ici quinze jours je commence à faire prolonger la route et d'ici trois mois je suis de retour avec l'armée : nous irons ensemble jusqu'à la mer.

Il partit au début d'août, lorsque le convoi atteignit les bornes d'Emmanuel. Et il partit seul, sur son petit cheval noir si rapide. Il n'avait voulu près de lui qu'un écuyer, pour porter la grande bannière de Systèle qu'on avait descendue de la tour. Quand on leva la herse devant lui il se pencha vers Emmanuel, qui se tenait à ses côtés :

– J'adore le bruit de votre herse, dit-il. Regardez bien, Seigneur : je vais quitter l'enceinte.

Là-dessus il rit, et s'en fut, au galop.

(J'ai longtemps rêvé à ces heures qu'il a passées seul, petite, entre le château d'Emmanuel et les limites de son fief, sur la piste des Florèges. L'écuyer seulement, et la grande bannière semée d'étoiles d'or. Entre deux mondes il allait, le Maudit, ou Renaud, ou Oleg, ou le roi, qui était-il? Je ne connais aucune des pensées qui l'accompagnaient parce qu'il n'en a jamais rien dit à personne. Un petit berger le vit passer, ça on l'a su, sur les flancs du Pic-Valours. Il s'appelait Thibaud. L'apparition soudaine de ce cavalier vêtu de blanc le surprit, et il leva le bras. A-t-il su un jour qui il avait salué ainsi ? Et qu'était passé devant lui, ce matin-là, le plus grand roi qu'aurait jamais Systèle ?

Parce que c'était lui, petite, ça je l'ai gardé pour la fin, c'était lui, Renaud II, le roi des rois, celui du siècle d'or...)

Cet ouvrage a été composé
et imprimé par Firmin-Didot en juillet 2006

Dépôt légal : août 2006
N° d'édition : 1099/02 – N° d'impression : 80696
Imprimé en France